KB187876

아무튼, 딱따구리

아무튼, 딱따구리

박규리

위고

사랑하는 딱따구리 짝꿍과 딱따구리 이웃들에게

차례

딱따구리의 유쾌한 삶을
기막힌 운이 우연찮게 따르는
나의 삶과 연결할 수 있다면

스무 살에 영국으로 건너간 이후 월세 계약이나 새로 진학한 학교, 혹은 같이 사는 사람의 상황 등 다양한 이유로 10년 넘게 거의 해마다 집을 옮겨 다녔다. 이는 서른 중반에 결혼해 한국에서 살면서 월셋집 순례로 이어졌다. 포근하면서도 예산에 맞는 보금자리를 찾다 보면 거리의 이 수많은 집 중에서 이 한 몸 누일 공간이 없나 집 없는 설움이 복받치기도 하지만, 그렇다고 내 집을 꼭 마련하고 싶다는 생각을 딱히 해본 적은 없다. 새로운 곳을 탐험하고 내 동네로 정 붙이는 것도 꽤 재미있는 일이다. 일단 마음이 가는 곳을 구하기만 한다면야. 아무튼 영국과 서울 양쪽에서 월셋집을 오가며 사는 생활은 지금도 현재진행형인데, 이렇게 살았던 집들 중에 행복하게 지낸 최근 세 곳을 돌아보니 무척 중요한 공통점이 하나 발견됐다. 바로 딱따구리다.

처음 딱따구리와 이웃하며 산 집은 강릉의 조용한 단독주택가의 월셋집이었다. 대문을 나서면 바로 길 건너에 춘갑봉이라는 야트막한 산이 있고, 거기에 딱따구리가 살았다. 유난히 연하고 반들반들한 잎사귀가 많이 자라나 우리 부부가 '여리여리길'이라고 이름 붙인 오솔길을 오르자면 소나무에 딱따구리가 구멍을 뚫은 흔적이 보였고, 딱따구리가 나무를 쪼는 소리가 들려오곤 했다. 가끔 남편과 전문가용 쌍안경을 들고 나서서 딱따구리를 가까이 보는 날은 하루 종일 마법에 걸린 듯 싱글벙글했다. 어릴 때 만화에서나 보던 딱따구리를 처음 접한 때가 이때이다.

두 번째 딱따구리 집은 케임브리지 프림로즈 거리의 작은 이층집이다. 1년 동안 강릉 신혼생활을 마치고 일 때문에 다시 영국에서 지내느라 구한 집인데, 공원이 많은 케임브리지에서도 가장 커다란 녹지 가운데 하나인 지저스 그린 위쪽 조용한 주택가에 있다. 지금도 영국에 있을 때는 이 집의 방 두 개 중 한 칸을 빌려서 집주인 아주머니와 함께 지낸다. 짐을 푼 첫날 옆 골목의 작은 공원에 산책을 갔다가 딱따구리 소리를 들었다. 남편과 헤어져서 살게 된 나의 슬픔을 위로하는 듯한 힘찬 딱따구리 소리 덕분에 힘을 내 새 삶을 꾸려갈 기운을 차린 기억이 지금도 생생하다. 오늘도 자전거 오솔길을 따라 출근하다 보면 멀리서 딱따구리 소리가 기분 좋게 들려온다.

세 번째 딱따구리 집은 놀랍게도 최근에 구한 서울 구로의 아파트이다. 낡은 5층짜리 아파트에 이사한 바로 다음 날, 작은 방 창문을 통해 아파트 뒤편의 해발 83미터짜리 얕은 산기슭에서 딱따구리 세 마리를 한꺼번에 보게 된 건 서울에서 전혀 기대하지 않은 일이었다. 세상에, 강원도도 아니고 영국도 아니고 서울에, 그것도 우리 집 바로 뒷산에 딱따구리가 여러 마리나 살다니. 강릉이나 케임브리지의 딱따구리는 한적한 지방 도시이기 때문에 누리는 호사로만 여겼는데, 서울의 작은 월세 아파트에서 이런 행운이 계속될 줄이야. 심지어 이곳은 청딱따구리와 쇠딱따구리에 오색딱따구리까지 여러 종류가 어느 곳보다도 무척 활발하게 살고 있는 토종 딱따구리 집성촌이다. 이렇게 해서 고척동 집에서 딱따구리가 가장 잘 보이는 나의 작업실은 '딱따구리 극장'이라 이름 붙었고, 우리 집도 자연스럽게 '딱따구리 집'으로 불리게 되었다. 내 이름이랑 얼추 운율도 맞는다. 박규리 박구리 구리구리 딱따구리.

딱따구리는 이렇게 나와 남편이 옮겨 다닌 최근 세 곳의 거처에서 용케 발견한 이웃이자, 꿈같은 행운이 우연을 가장하여 허락되는 우리 삶의 상징이기도 하다. 처음부터 집 찾는 기준에 딱따구리가 있던 건 아니다. 영국이나 한국이나 부동산에 가서 "딱따구리 소리가 들리는 집을 찾아요"라고 들이밀면

제정신이 아닌 사람 취급을 당할 것이다! 단 한 번도 부동산에 그런 청을 한 적은 없었어도 이 세 보금자리에서 일어나는 일상의 방향이 가리키는 곳과 딱따구리가 맞닿아 있음을 우리는 차근차근 알게 되었다.

딱따구리는 먹고살기 위해 나무에 구멍을 뚫어 벌레를 잡는 먹이 활동을 통해 의도했건 안 했건 이웃 새들과 나무에게 도움을 준다. 아울러 추울 때나 더울 때나 한결같이 씩씩하며, 단벌 신사로서 쓸데없는 사치일랑은 하지 않아도 차려입은 꾸밈새가 당당하고 화려하다. 바로 내가 닮고자 하는 삶의 상징이다. 특히 의도치 않고도 주변에게 도움을 주는 딱따구리의 유쾌한 삶을, 기막힌 운이 우연찮게 따르는 나의 '소 뒷걸음치다 쥐잡기' 삶과 연결할 수 있다면 얼마나 멋진 일인가.

1부

나, 딱따구리

딱따구리 종합선물세트

"타라라라라라락!"

우렁찬 딱따구리 소리가 울려퍼진다. 얼른 웃옷을 챙겨 입고 조심스럽게 야트막한 뒷산에 오른다. 오전 10시에서 11시쯤이 식사 시간인지 저마다 바쁘게 먹이를 찾던 참새와 박새, 딱새, 직박구리까지 수십 마리 새들이 나를 피해 바쁘게 날아오른다. 아, 저기 청딱따구리다! 마침 작은 청딱따구리가 가까운 나무 기둥에 내려 앉아 "탁탁탁" 쪼기 시작한다. 귀여운 것.

한참 조용히 구경하다가 다시 오르기 시작했다. 집에 있자면 아침마다 들려오는 저 우렁찬 소리의 주인공을 오늘은 직접 눈으로 보고 싶었다. 산이라야 해발 백 미터도 안 되는 데다가 이미 우리 집이 꽤 높은 지대에 있어 몇 발짝 오르면 정상에 닿는다. 분명 근처에 있는 죽은 나무 기둥을 쪼는 소리인데 좀처럼 보이지는 않는다. 그때 다시 들려오는 크고 빠른 딱따구리 소리.

"또로로로로로록!"

이번에는 마치 따발총 소리 같다. 딱따구리가 쪼는 나무의 종류와 나이, 생사 여부에 따라 심지어 한 나무 기둥에서도 위치마다 다른 소리가 난다. 살아 있는 나무 기둥이나 가지를 쪼아 벌레를 찾을 때는

"탁탁탁탁" 둔탁한 소리가 작게 난다. 귀를 기울이면 근처에 딱따구리가 있구나 알아챌 수 있는 정도이다. 그런데 죽어서 속이 마르고 빈 나무 기둥을 두들기면 크고 맑은 북소리가 난다. 영역 표시나 짝을 찾으려는 딱따구리 특유의 행동이다. 이런 나무는 덜 단단해서 딱따구리가 구멍을 내기도 수월하고 벌레도 많이 살고 있다. 나무들을 자세히 살펴보면 둥글고 멋지게 뚫어놓은 구멍이 종종 보인다. 구멍 낼 능력이 없는 다른 새들이 딱따구리가 낸 구멍에 둥지를 트는 경우도 많다. 딱따구리가 지역 생태계의 지표종 노릇을 한다고 하니 딱따구리의 존재가 이 동네 생태계의 건강 척도를 알려주는 것이다.

아직도 우렁찬 북소리의 주인공이 좀처럼 보이지 않아 두리번거리는데 이번에는 눈앞 가까운 곳에서 오색딱따구리가 커다란 나무의 곁가지에 앉아 "탁탁탁" 쪼기 시작한다. 산을 오르던 아저씨가 가만히 서서 기웃거리는 나를 보더니 말을 건넨다.

"무슨 새소리가 나는데 뭔지를 모르겠네."

"아, 이거요, 딱따구리가 나무 쪼는 소리예요."

마침 '나 말이야?' 하듯이 가까운 나무에 오색딱따구리가 내려앉는다.

"저기 우리 앞에 있는 나무 둘 중에 뿌리 쪽에 나뭇가지가 막 쌓여 있는 나무 보이시죠? 아래서부터 쭉 훑어보시면 왼쪽에 큰 가지가 나와 있죠?"

"아, 저거요?"

"거기 머리 까맣고 날개에 흰 무늬 있고 아랫배가 빨간 애 보이세요?"

"야하, 보이네! 저게 딱따구리예요?"

신기해하시면서 이번에는 참새보다 세 배 정도 큰데 몸이 회색인 새는 뭐냐고, 저 산 너머 약수터에 많이 모여서 목욕하고 물 마시는 예쁜 무리를 보았다며 다른 새 이야기까지 꺼내신다.

"아, 머리가 살짝 부스스한 애요?"

직박구리를 보신 모양이다.

딱따구리를 만나리라고는 기대도 안 하고 이사 온 집에서 매일 아침 우렁찬 딱따구리 소리를 들으니 놀랍고 기특하고 반갑기 그지없다. 어떤 때는 눈치 없이 두들겨대는 소리에 누군가 시끄럽다고 민원이라도 넣으면 어떡하나, 딱따구리가 쪼기 좋은 죽은 나무를 다 베어버리면 어떡하나, 걱정이 들기도 한다. 그런데 오늘은 팬클럽이 한 명 추가된 기쁜 날이다. 아저씨는 이제 산을 오르실 때면 딱따구리 소리가 정답게 느껴지시겠지. 지나가는 사람에게 저 소리

좀 들어보라고 괜히 말을 걸기도 하실 테다. 나에게 그러셨듯이.

아무튼 오늘도 우렁찬 소리의 진원지를 확인하는 데는 실패했다. 어떤 동물을 좋아하면 언젠가 직접 꼭 보고 싶기 마련이지만, 그러다가 나도 모르게 그 동물을 위협해서 보금자리에서 쫓아내는 불상사를 저지를 수 있으니 내 두 눈으로 꼭 봐야만 직성이 풀리는 태도는 위험하다고 남편에게 교육을 단단히 받은 차다. 내일도 찾아볼 수 있겠지. 이따 오후에 쌍안경 들고 다시 나와볼까 하며 산을 내려온다.

이제는 꽤 멀리서 "따다다다다" 소리가 들린다. 그새 멀리 다른 나무로 옮겨간 건지 혹은 다른 녀석인지 모르지만 흐뭇할 따름이다. 이렇게 열심히 북을 치는 걸 보면 여자 딱따구리라도 꼬시는 모양이다. 그래, 아들 손자 며느리 보고 오손도손 잘 지내! 우리랑도 오래오래 같이 잘 지내자, 딱따구리야!

은연중 마음을 빼앗겼다

딱따구리는 숲, 사막, 정글, 도시 등 전 세계 다양한 서식지에 살며 부리로 나무를 두들기는 재미있는 습성으로 유명한 텃새이다. 우리나라에서는 '딱딱딱' 하는 소리와 날아다니는 큰 새를 뜻하는 '구리'가 만나 '딱따구리'라는 이름이 붙었다. 전 세계 180여 종 가운데 한국에는 크낙새, 까막딱따구리, 큰오색딱따구리, 오색딱따구리, 청딱따구리, 쇠딱따구리, 여섯 종류가 있다. 가장 커다란 종류인 크낙새는 안타깝게도 거의 멸종이 확실시되었고, 까막딱따구리와 큰오색딱따구리도 이젠 드물다. 우리 동네 뒷산에는 오색딱따구리가 가장 흔하고, 이따금 청딱따구리와 쇠딱따구리가 보인다.

봄날 나무 기둥에 붙어서 "타라라락" 짧고 굵게 쪼아대고는 잠시 양쪽을 기웃대다가 또 연주를 반복하는 모습이 무척 귀엽다. 이 나무 소리가 아까 나무 소리보다 큰지 아니면 2018년 봄맞이로 새로 개발한 연주법이 마뜩잖아 갸우뚱대는지는 아무도 모른다. 때로는 주택 굴뚝, 쇠파이프, 심지어 우주 로켓의 연료통까지 소리가 잘 울린다 싶으면 뭐든지 쪼아댄다는데, 그렇다면 최고의 소재를 찾기까지 이것저것 두들겨봤으리라는 상상에 웃음이 나온다.

1월 말에서 4월까지 번식기에는 커다란 드럼 소

리를 집중적으로 내서 구애 활동을 한다. 강도와 반복 횟수, 독창적인 박자 등으로 자신의 건강과 힘을 자랑해서 짝을 유혹하고 경쟁자에게 영역을 알리는 딱따구리만의 방법이다. 온 산에 울려퍼지는 웅장한 드럼 소리는 언제 들어도 감동이다. 템포와 패턴에 따라 자기들끼리 구분이 가능하다니 최고의 짝을 만나려면 저마다 독특하고 멋진 주법 연구에 매진하리라 짐작된다. 특히 수컷만 아니라 암수 모두 드럼을 쳐서 구애 활동을 하는 평등한 암수 관계가 무척 마음에 든다. 맛 좋은 벌레들의 위치를 알리거나 서로의 위치를 확인하기 위해, 부부끼리 유대감을 강화할 때, 둥지에 위험이 닥쳤을 때, 천적 새가 나타났을 때 등 다양한 의사소통을 위해 드럼 소리를 이용한다.

평소에 먹이를 구할 때는 나무를 얌전하게 두들겨서 진동을 느끼고 나무에서 기어나오는 벌레를 잡는다. 하루에 애벌레 2천 마리 정도를 잡아먹는데 벌레가 드문 겨울에는 열매나 견과류도 먹는다. 도토리딱따구리라는 종은 나무에 딱 도토리만 한 구멍을 내고 각각 도토리를 한 개씩 넣어서 보관하는 깜찍한 습관이 있다. 다람쥐는 이게 웬 떡이냐, 할 것이다. 둥지를 팔 때도 먹이 찾을 때와 비슷하게 작게 두들긴다. 나무를 두들겨 벌레를 찾는 기발한 먹이 사냥법을 고안한 덕분에 딱따구리는 다른 새들이 넘볼 수 없는 보장된 먹잇감이 있는 반면, 두드리기 적당한 죽은 나무를 재빨리 없애버리는 지나치게 부지런한 숲 관리나 혹은 살충제, 산불이나 개발 때문에 숲 자체가 사라지면 꼼짝없이 개체수가 줄어든다. 또한 도시에서는 고양이가 딱따구리를 괴롭히는 천적이기도 하다.

딱따구리는 이 두 가지 주법으로 초속 6~7미터의 엄청난 속도로 초당 10~20번을 하루에 무려 8천~1만 2천 번씩 두들기는 세계 최고의 드러머이다. 인간으로서는 뇌진탕을 피하기 어려울 충격에 딱따구리들이 멀쩡한 것은 이미 2억 5천만 년 전에 정교한 충격 흡수 구조를 완성시킨 자연의 신비 덕분이다. 촘촘한 스펀지 구조로 충격을 흡수하는 두개골의 구조와 두뇌를 안전벨트처럼 감싸는 목뿔 뼈, 스프링 역할을 하는 튼튼한 목 근육, 길이가 미세하게 달라서 충격을 분산시키는 부리 뼈, 충격이 두개골에 도달하기 전에 분산시키는 눈구멍의 흡수 구조 등이 기막히게 어우러져 딱따구리가 제정신으로 살아가도록 받쳐준다. 최근 딱따구리의 뇌를 분석한 연구는 딱따구리의 뇌에도 큰 충격을 받았을 때 나오는 단백질이

축적된다는 사실을 밝혀냈는데, 그럼에도 불구하고 정상으로 살아가는 비밀이 궁금할 따름이다.

딱따구리는 암수가 드럼을 같이 칠 뿐 아니라 둥지를 뚫는 작업도 공평하게 한다. 수컷이 일단 몇 군데 나무에 후보지로 작게 구멍을 내놓고 암컷에게 보여주면, 암컷이 그중 마음에 드는 구멍을 골라 같이 둥지를 판다. 이사 갈 때 남편이 미리 봐둔 집 몇 군데를 부인이 깐깐하게 돌아보며 고르는 부부와 다를 바가 없다. 집세는 물론 맞벌이로 감당하고! 빽빽한 숲 속 나무보다는 앞이 탁 트인 전망의 나무를 골라 비바람이 들이치지 않는 방향에 둘이 힘을 합쳐 구멍을 파내려간다. 이렇게 장만한 보금자리에 암컷이 3~8개의 알을 낳으면 약 2주에 걸쳐 암수가 정확한 시간에 서로 교대를 해가며 알을 품고, 새끼 먹이기도 암수가 똑같이 헌신한다. 새끼들이 어느 정도 성장하면 둥지 밖으로 데리고 나가 먹이 찾는 훈련을 시키는 것조차 반반씩 공평하다. 캬하, 본받아 마땅한 모범 가족이 아닐 수 없다.

딱따구리만의 독특한 특징과 익살스러움 덕분에 은연중 딱따구리에게 마음을 빼앗겼다. 정신을 차려보니 여행 가방에 붙여둔 딱따구리 스티커가 익살스런 미소를 보내고, 조그마한 오색딱따구리 피리가 거울에 붙어 있다. 벨 대용으로 영국 현관문에 붙일 철제 손잡이를 고르면서 두드리는 건 뭐니 뭐니 해도 딱따구리지, 하며 딱따구리 모형 손잡이를 주문하는 나를 발견한다. 어느새 다양한 딱따구리들이 내 삶에 들어오고 있었다.

지속가능 디자인 연구원과 영장류 학자

나 박규리 딱따구리는 영국 케임브리지 대학 공대 소속 '산업지속가능성연구소(Centre for Industrial Sustainability)'에서 일하는 지속가능 디자인 연구원이다. 얼마 전 이삿짐을 정리하다가 나온 미니 타임머신 캡슐에서 "세계를 누비며 지속가능한 세상에 기여하는 지속가능 디자인 컨설턴트가 되고 싶어요"라고 적은 2009년의 메모를 발견했다. 현재 영국, 한국, 방글라데시, 스코틀랜드, 스리랑카, 태국 등 각국의 정부와 대학, 여러 기업과 협력해 연구 프로젝트를 꾸리며 살고 있으니 나름대로 소망을 이루어가는 중이다.

스무 살에 영국으로 건너가 뭐든지 장난감으로 만들겠다는 포부를 품고 제품 디자인을 전공했다. 그러던 중 한국에 돌아와 디자이너 친구들과 가방 디자인 브랜드 '두에미오'를 만들어 1년간 신나게 활동하다 보니 내가 디자인한 제품에 사람들이 싫증이 나면 결국 쓰레기가 되는 건가, 하는 회의가 밀려왔다. 밤을 꼴딱 새도 행복한 창조적인 활동을 하면서도 세상에 폐를 끼치지 않는 방법을 찾고 싶었다. 그러다 보니 대체 브랜드들이 지속가능한 디자인을 제품에 적용하도록 돕거나 방해하는 요소가 뭔지를 연구하게 되었고, 이제는 제품 디자인보다는 제조 공정의 디자인, 더 나아가 지속가능한 산업 시스템을 연구하는 연구소에서 일하게 되었다. 특정 국가나 산업 분야에 국한하지 않고 지속가능한 혁신의 범위와 속도를 극대화해 생태계 파괴와 기후변화에 긍정적인 영향을 끼치는 방안을 두루 찾고 있다.

'지속가능성'이라는 연구 주제의 특성상 일과 삶의 분리는 불가능하다. 내가 고수하는 철학을 일상생활에서 또한 실천하지 않고서는 아무리 훌륭한 연구라도 공허해지기에 평소에도 소박하고 책임감 있게 살기 위한 실험을 계속하고 있다. 다만 궁상스러운 괴짜나 교조주의적 독설가의 함정에 빠져 남들이 슬슬 피하는 사람이 되면 그 또한 큰일이니 가능한 범위 안에서 디자이너로서의 감각과 익살이 녹아든 삶을 추구하려고 노력하고 있다.

남편 김산하 딱따구리는 어릴 적부터 각별했던 동물 사랑을 지금까지 잘 간직해 동물을 연구하는 어른이 되었다. 우리나라 최초로 정글에서 긴팔원숭이를 추적하며 연구한 영장류학자 남편의 직업을 묻는 이들에게 '원숭이 쫓아다니는 사람(monkey chaser)'이라고 대답해주면 늘 재미있어한다. 말 그대로 매일매일 인도네시아 숲에서 엎어지고 자빠지면서 원숭이를 따라다녔다니 그보다 더 정확한 표현은 없을 것이다. 긴팔원숭이는 물론 웬만한 동물에 대해서도 꿰뚫고 있어서, 뭐든지 물어보면 척척 설명해주고 그림도 그려준다. 만화 속 동물 박사님과 같이 사는 느낌이랄까.

지금은 학문적인 동물 연구에서 더 나아가 대중에게 동물과 우리가 처한 환경 파괴의 심각성을 적극적으로 알리고, 인간과 자연이 균형을 이루는 환경 만들기 운동에 집중하고 있다. 최재천 교수님이 세우신 비영리단체 '생명다양성재단'을 이끌며 동물 연구 후원과 자연 보전을 예술 활동을 매개로 대중에게 알리는 다양한 이벤트를 주최한다. 이렇다 보니 일터에서 서식지 파괴나 멸종 위기에 처한 동물에 대한 안타까운 소식을 하루가 멀다 하고 접하는 게 일상사이고, 이에 아랑곳없다는 듯 반생태적, 반환경적인 도시에서 사는 현실에 힘들어할 때가 많다. 종이컵이나 비닐봉지 등의 일회용품 안 쓰기나 음식쓰레기 줄이기 실천 의지가 상인들과 묘하게 어긋나 진상 고객 취급을 받을 때는 옆에서 보는 나나 당사자나 무척 억울하다.

2010년 동물생태학자로 유명한 최재천 교수님

을 뵈러 갔다가 당시 연구실에서 박사 과정을 하던 산하 씨를 처음 만났다. '김산하'라는 이름은 산하 씨가 동생 김한민 작가와 함께 출간한 동물 생태 그림책 시리즈 『STOP!』을 통해서 이미 익숙했다(이 김산하가 그 김산하인지 물었더니 맞다고 했다). 첫 만남에서부터 환경에 대한 진솔한 의지가 엿보였다. 게다가 나처럼 그림과 글과 동물과 장난감을 좋아하는 사람이었다. 산하 씨를 만나고 돌아온 새벽, 왜 하필이면 영국으로 돌아가기 두 달 전에 이런 특별한 사람을 알게 된 걸까? 어떻게 해야 하나? 잠결에 문득 눈이 떠져 나도 모르게 눈물이 핑 돌았다. 이 사람을 이대로 그냥 보냈다가는 후회하리라는 확신에 쑥스러움을 무릅쓰고 마침 새로 맡게 된 멸종위기동물 디자인 프로젝트를 같이 하자며 꼬셨다. 예상 밖으로 흔쾌히 그러마 해주는 바람에 그만 내 얼굴이 빨개져버렸다.

그 후로 우리는 영국과 한국을 서로 오가며 지내다가 2014년 부부의 연을 맺었다. 공식석상에서 논리적으로 대담을 펼치는 산하 씨의 모습은 딱딱하고 날카로운 인상을 주기도 하지만, 집안일을 늘 함께하고 포근하게 나를 품어주는 영락없는 딱따구리 남편이다. 한집에서 지낼 때면 같이 있는 것만으로도 시간 가는 줄 모르고 헤어져서는 매일같이 서로를 그리워하지만, 단지 같이 있기 위해서 서로가 추구하는 삶의 의미를 희생하지는 말자는 합의하에 여전히 세계 곳곳에서 만남과 헤어짐을 반복하며 잘 지내고 있다. 딱따구리들도 번식기에는 만나 훌륭한 호흡으로 함께 알을 품고 육아를 나눠 맡으며 지내지만 평소에는 각자 지낸다니 이마저도 우리는 딱따구리를 좀 닮았다.

산하 씨와 나 모두 각자 분야에서 지속가능한 세상을 위한 일을 하며 먹고산다. 물론 서로를 바라보는 일도 흐뭇하지만 지속가능한 세상이라는 같은 방향을 함께 바라보기에 무엇을 하든 호흡이 잘 맞는다. 이따금 의견이 달라도 큰 틀에서는 서로의 의도를 깊이 이해하기에 서로 받아주지 못할 일이 별로 없다. 하루하루 먹고사는 밥벌이가 곧 내가 사랑하는 일이며, 그 속에서 인간의 도리와 삶의 의미를 한 번에 추구하는 운 좋은 한 쌍이다. 딱따구리 부부가 함께 힘을 합쳐 나무에 판 둥지는 소쩍새, 흰눈썹황금새, 박새, 호반새, 동고비, 원앙 따위의 여러 새들은 물론 하늘다람쥐도 이용한다. 동물 이웃들에게 도움을 주고, 나무 속 깊이 숨은 벌레를 없애주는 덕분에 자기가 속한 숲을 건강하게 가꾸는 딱따구리야말로 우리 부부가 닮고자 하는 모습이다.

2부

강릉 딱따구리
2014~2015

파라파라파라다이스

"우리 결혼하면 지방에 살자."

몇 번이고 서로 다짐은 했지만 양가 부모님이 모두 서울에 계셔 딱히 지방에 연고가 없었다. 이북에서 내려와 충남 온양에 사시던 우리 할머니나 부산 출신 시할머님도 모두 돌아가신 지 오래고. 그러던 차에 나의 25년 지기 친구가 강릉으로 이사했다는 소식에 '우리도 따라갈까' 하는 막연한 생각이 들었다. 엇비슷한 속담도 있지 않은가! '친구 따라 강릉 간다.' 케임브리지의 작은 월세방에 누워 이런저런 생각을 하던 끝에 당시 남자친구였던 산하 씨에게 문득 전화를 걸어 물어봤다.

"우리 강릉 갈까?"

"그래? 그럴까?"

산하 씨는 흔쾌히 동의하고 당장 살펴보러 내려가서는 무척 마음에 든다며 흥분된 목소리로 영국 내 방으로 전화를 걸었다. 게다가 사천 바닷가에 잡은 작은 민박집 나무에서 딱따구리를 보았단다. 우와! 저도 딱따구리 좋아하는데요.

강릉과 단번에 사랑에 빠진 산하 씨는 이내 엄청난 집을 발견해버렸다. 나에게 사진도 한 장 보여주지 않고 "이번에 나 한번 믿어봐"라는 전례 없는 말까지 해가며 벌써 계약을 마쳤다는 소식을 들려주었다. 얼마 후 나는 박사학위 최종시험을 마치자마자 다다음날 바로 짐을 싸서 한국으로 돌아왔고, 2주 후에 지리산으로 내려가 결혼식을 올렸다. 이렇게 나의 강릉댁 새댁 놀이는 휘몰아치듯이 시작되었다.

'믿어봐' 운운하며 구해놓은 집은 과연 우리의 분에 넘치는 멋진 곳이었다. 점잖은 주택가에 자리잡고 있었는데 바로 옆에는 산이 있고, 차로 5분만 나가면 바다가 있고 경포호수가 옆 동네라 꿈만 같은 곳이었다. 주인 내외분이 문방구 아주머니와 경찰 아저씨라는 사실은 마치 이야기 속 설정 같았다.

주인 내외가 사는 양옥집 2층의 방 세 개짜리 단독이 우리집이었다. 영국의 어이없이 비싼 집세에 비하면 훨씬 적은 돈으로 월세를 얻었다. 그런데 강릉에서는 꽤 놀라운 가격인가 보다. 한번은 택시 기사님이 우리가 내릴 때까지 "아, 40만 원! 아, 40만 원!" 하고 감탄사를 연발하셨다. 물론 당시 전무하던 나의 수입과 많지 않은 산하 씨의 월급에 비하면 우리에게도 큰 액수지만, 이 돈으로 영국에서는 방 한 칸은커녕 현관 깔개 정도 빌리는 가격이라 일단 살아볼 마음을 냈다. 은행 대출을 생각하지 않은 건 아니지만, 은행이라는 거대 자본에 이자를 떼어주느니 차라리 집주인이 쓸 수 있으면 더 좋지 않은가. 은행 없이 우리끼리 해보자구!

이렇게 우리는 강릉에 살게 되었고, 과연 옳은 결정이었다. 푸른 동해에 늘어선 해수욕장을 두루 섭렵하고, 춘갑봉 여리여리길에 올라 딱따구리와 인사를 나누고, 아름다운 경포호수를 산책하고, 강릉 사람들의 정을 흠뻑 느끼며 지낸 우리의 강릉 딱따구리집 신혼 생활은 단지 '파라다이스'라는 단어로만은 부족했다. 우리는 그곳을 '파라파라파라다이스'라고 부르기로 했다.

89퍼센트 중고로 집 꾸미기

학위를 마치자마자 결혼을 하는 바람에 신혼 초 나의 경제력은 제로였다. 비영리단체에서 일하는 산하 씨도 일찌감치 돈과는 거리가 멀었다. "너 결혼 자금 미리 끌어서 유학 자금 대는 거다!"라는 부모님 말씀을 여러 번 들었기에 결혼은 꼭 내 힘으로 할 줄 알았는데, 웬걸 통장 잔고는 바닥이다. 우리 둘은 물론 양가 부모님도 크고 화려한 결혼식은 절대 사절이라 큰 걱정은 없었다. 우리 아버지는 심지어 우리 아파트 옥상에서 둘이 물 떠놓고 절하면 된다고까지 하셨으니. 강릉에 내려온 건 우리의 이런 경제 사정과도 잘 맞물린다. 비좁고 공기 나쁘고 사람 많은 서울이라면 당최 어느 동네에서 살아야 할지 감도 안 오는 데다, 작은 전세라도 구하려면 억억대기 십상이다. 조금 용기를 내면 서울에서 지지고 볶을 필요가 없다는 판단 아래 기세 좋게 강릉에 신혼집을 구했다.

남은 과제는 신혼집 꾸미기. 일단 천편일률적인 혼수 패키지는 질색이었다. 우리는 최신 유행 브랜드의 삶이 아니라 정다운 물건으로 채워진 소박하고 단순한 삶을 원했다. 부엌과 거실, 침실 가구를 갖춰놓고 월세를 주는 제도가 자리 잡은 영국에서 하도 여러 곳을 전전하다 보니 가구는 소유보다는 사용이 중요하다는 걸 깨닫게 되었다. 영국 곳곳에 산재한 채러티 숍(charity shop)에 가면 중고 옷이랑 생활용품을 헐값에 구하는 재미도 쏠쏠했고. 오래전부터 작업실이든 집이든 뭐든지 중고로 완벽하게 꾸며보고 싶은 마음이 있었다. 새로 살 게 뭐람, 세상에 넘쳐나는 게 물건인데 남이 쓰던 물건이면 어때. 그렇지만 이렇게 큰소리 쳐놓고 보니 집안 행색이 너무 청승맞지는 않을까 염려가 없지는 않았다. 한번 장만하면 평생 쓰는데 중고로 사면 고장 난다는 둥, 명색이 신혼살림인데 구질구질하다는 둥 잔소리도 들었다. 하지만 난 괜찮다. 일단 해보자!

재미있게도 양가 부모님들 모두 작은 물건도 소중히 여겨 잘 안 버리시는 분들이라 이렇게 저렇게 물려받은 물건만으로도 얼추 새살림이 꾸려졌다. 일단 산하 씨가 어릴 때 쓰던 소파 한 쌍이 커피 테이블과 함께 창고에서 나와 빛을 보게 되었고, 동생이 쓰던 탁상이 산하 씨 책상이 되었다. 내가 고등학교 때 쓰던 전등도 데리고 왔고, 오빠가 총각 때 쓰던 행어는 옷장을 훌륭하게 대신하게 되었으며, 시누이가 물려준 작은 화장대와 서랍장은 호사스러울 정도다. 시댁에서 살뜰하게 챙겨주신 숟가락, 젓가락들로는 손님을 최대 열아홉 명까지 치를 수 있다. 여기에 선물로 받아두셨다가 안 쓰신 접시 몇 개를 엄마에게서 하사받고 시어머님의 밥그릇, 국그릇, 접시, 쟁반, 냄비, 프라이팬에 내가 벼룩시장에서 몇백 원씩 주고 산 접시들을 합치니 모자람이 없는 부엌살림이 장만되었다. 30년 넘은 블렌더랑 재봉틀, 토스터는 오히려 세월 덕분에 더 멋스러운데 성능은 변함이 없다. 옛날 스타일을 흉내 내어 만든 물건들은 명함도 못 내밀 진짜 빈티지이다. 이불은 엄마가 그 옛날 신혼살림으로 가져왔다는 명주솜을 다시 틀어서 만들었다. 오히려 요새는 찾을 수 없는 좋은 솜이라고 한다. 엄마가 나보다도 더 어릴 때 데려온 솜이불을 덮고 자는 기분은 참 달콤하고 행복하다. 산하 씨도 창고에 갇힌 신세였던 오래된 물건들에게 다시 빛을 보여주고 활약할 기회를 주는 게 마냥 기쁘고 좋단다.

부족한 몇몇 가구들은 몇 년 전 한남동에 작업실을 꾸밀 때 발견한 황학동 중앙시장의 중고 식당 물품 골목에서 찾았다. 책상으로 쓸 만한 식탁 상판이랑 철제 다리를 조합해서 2만 5천 원에 낙찰 받고, 베란다에서 쓸 야외 의자 두 개는 각각 5천 원, 차 끓이기 딱 좋은 둥근 테이블은 좀 비싸서 4만 원이다. 여기에 우리 부모님의 아파트 단지에서도 보물 찾는 재미를 쏠쏠히 누렸다. 마침 이사철을 맞아 퇴출된 나무 서랍장과 탁자를 거저 주웠다. 이렇게 모은 살림을 1톤 트럭에 실어 서울에서 강릉으로 옮기고 나니, 이제는 강릉 친구까지 합세해서 살림을 나누어준다. 안 쓰는 전기밥솥에 친정집에서 자리만 차지한다며 세탁기까지 가져다주니, 이렇게 고마울 수가 없다.

나머지 부족한 책장이랑 거울 따위는 강릉 중고 센터를 찾아갔다. 강릉의 여러 중고 가게 중 택시부광장의 '중고랜드'에 쓸 만한 가구가 종종 눈에 띄었다. 서울의 몇몇 중고 가게는 사무실 집기뿐이거나 중고답지 않게 비싸서 실망했는데 강릉은 중고 가게도 좋다. 키 큰 원목 책장 세 개, 전신 거울과 원목 서랍장을 장만했다.

몇 군데 다녀보니 중고 가게마다 특징이 있다. 영 쓸 수 없게 가전제품이 비에 다 젖도록 야외에 방치된 곳이 있는가 하면 중고랜드처럼 각종 가정용 가구가 많은 곳이 있고, 어떤 곳은 이사 가는 집에서 다 쓸어오는지 시시콜콜 별별 물건들이 많다. 이 세 번째 가게에서는 중세의 교회 회랑처럼 우아한 원목 CD장이랑, 1992년에 생산됐지만 비닐 한 번 벗겨지지 않고 먼지를 덮어쓰고 있던 펭귄 모양의 빙수 기계를 장만했다.

아, 중고 물건을 살 때 나름 우리의 기준이 있다. 일단 괜한 유행 스타일은 피하고 소재가 튼튼하고 오래가는 걸로 고른다. 원목으로 만든 가구는 오래될수록 멋이 나고 여차하면 칠을 할 수도 있지만 플라스틱을 씌운 MDF는 세월이 흐르면 영 초라해지기 일쑤다.

고백건대 모든 살림을 백 퍼센트 중고로 장만하지는 못했다. 우선 냉장고. 중고 가게에 냉장고도 있긴 했다. 일단 지나치게 무겁고 과도하게 음식을 쟁여놓게 되는 커다란 양문형 냉장고는 제하고 내 키만한 작은 냉장고를 찾아냈다. 그러나 이게 웬 복병인가. 호기롭게 냉장고 문을 여는 순간 뿜어져 나오는 독가스가 화학무기 수준이다. 김치의 종주국인 우리나라의 문화적 특성상 중고 냉장고는 어렵겠다는 판단 아래 냉장고는 새 걸로 마련했다.

이 녀석은 우리가 원하는 바 그대로이다. 검은 봉지에 든 알 수 없는 물체가 숨어 썩어버리기 전에 발각될 아담한 사이즈에도 있을 건 다 있어서 여름 칵테일에 넣을 얼음도 잘 만든다. 가뿐한 무게에 옮기기도 쉽고, 전기 효율도 좋아 늘 켜놓아도 한 달 전기세가 다 합쳐 만 원을 넘긴 적이 없다. 사실, 전기가 없어도 가능한 테라코타로 만든 냉장고에 대해 읽었던 기억을 되살려 숫제 냉장고를 직접 만들고 싶었다. 하지만 산하 씨가 테라코타를 언제 만들어서 실험까지 해볼 거냐고 말렸다. 전기 없는 곳에서 음식을 신선하게 보관하게 해준다는 테라코타 냉장고. 무모해 보여도 나는 무척 자신이 있었지만, 결혼생활은 타협이라니 일단 한발 물러서기로 했다. 언젠가 만들 기회가 있기를 바라며.

냉장고와 마찬가지로 침대 매트리스만큼은 중고로 절대 살 수 없다는 산하 씨의 강력한 의견 개진에 싱글 침대 두 개를 새 걸로 마련했고, 밥 먹는 식탁도 산뜻하게 해보자는 마음으로 새 것으로 샀다. 자원 순환과 환경 다 중요하지만 신념에 대한 과도한 집착으로 삶의 자율성을 잃고 피곤하게 되는 피해자는 되지 말자고 다짐했다. 스타일 있는 환경주의자가 되자. 그렇게 우리 집은 마치 몇 년 동안 꾸민 듯 번듯한 살림집이 되었다. 서로 다른 기억을 담고 있는 것들이 서로 잘 어울리는 편안한 우리만의 공간이 만들어졌다.

파랄랄라 경포호수

첫 신혼집이 있던 포남동 바로 옆에는 순두부로 유명한 초당동과 경포호수가 펼쳐져 있었다. 집 근처에 세 개나 있는 초중교 운동장으로 번갈아 뛰러 다니다가 지루해지면 마음먹고 경포호수로 나갔다. 처음 찾아간 날이 크리스마스 아침이었으니 이미 12월 하순이었는데, 10월 말에 이사를 왔는데 왜 그제야 처음 왔는지 마구 후회가 될 정도로 아름다웠다.

경포호수는 옛날에는 지금보다 여섯 배나 컸다는데 지금도 둘레가 5킬로미터가 넘을 정도로 크다. 호수 가운데 정자가 있고, 왜가리들이 한가롭게 먹이를 찾고 물고기들은 연신 뛰어오른다. 석양이 질 때, 물안개가 필 때, 햇살이 쨍쨍할 때, 언제든 무척 아름답다.

저 멀리 대관령 뒤로 넘어가는 노을을 바라보며 한참 뜀박질을 하고 돌아온 산하 씨가 감탄 어린 목소리로 말한다.

"경치가 너무 좋아서 뛰다 보면 나도 모르게 '어디 가서 돈 내지?' 하는 생각이 들어!"

그런데 돈은 하나도 안 내도 된다. 강릉은 이런 곳이다. 친구와 가족과 재미있게 놀려고 해도 마땅히 갈 데가 없는 데다가 카페건 쇼핑몰이건 식당이건 어디든 돈을 내고 들어가야 하는 서울에 길들여진 우리에게는 생소하고 황송할 따름이다. 이렇게 좋아도 되나?

경포호수는 민물인 호숫물과 경포해변의 바닷물이 만나는 곳이라서 다양한 물고기와 조개가 많다. 덕분에 먹이를 먹으러 오는 새들도 다양하다. 주변의 습지도 잘 살려놓았는데, 새만금이나 인천 송도처럼 갯벌이나 습지는 마치 아무 생명도 없다는 듯이 맘대로 메꾸어 땅으로 만들어도 된다고 여기지 않고 잘 살려준 강릉시가 고맙다. 그런데 그럼에도 당황스러운 사건은 있었다.

경포호수 벚꽃잔치 기간에 일어난 일이다. 여의도에 벚꽃 구경 잘못 갔다가는 사람들에게 밟히고 치여 고생만 하기 십상인데 강릉은 한적하게 꽃놀이를 즐길 수 있으리라 기대하고 찾아갔던 벚꽃 잔치였다. 그런데 이게 웬일, 호수 한쪽에 마련된 무대에서 노랫소리가 쩌렁쩌렁 울려퍼진다. 봄을 맞아 새들이 한창 짝짓기를 시작할 예민한 시기에 웬일이람. 조용하게 잔치를 치르는 방법은 없을까? 속상했다. 그런데 더 큰 문제는 무대로 가까이 갔을 때 드러났다. 그날 저녁 불꽃놀이를 하려고 본격적으로 폭죽 장비를 설치하는 모습을 봐버린 것이다!

나도 어릴 때나 지금이나 여전히 불꽃놀이를 좋아한다. 까만 하늘에서 펑펑 터지는 신비한 모양과 색깔과 연기는 무척 흥분되고 잔치 분위기를 고조하는 데는 효과가 그만이다. 그러니 올림픽이나 새해맞이 등 큰 행사가 가까워지면 다들 불꽃놀이가 얼마나 성대할까 기대하지 않는가. 하지만 산하 씨의 설명을 듣고 보니 생각이 달라졌다. 하늘에서 폭죽이 펑 터지면서 불꽃이 만들어내는 멋진 광경을 즐길 때, 주변에 있던 새나 동물들은 이 굉음이 천재지변인지 놀이인지 구분을 못해 놀라 치명적인 영향을 받기도 한다는 것이다. 그러고 보니 영국에서도 불꽃놀이에 넋을 잃고 하늘을 쳐다보다가 일제히 하늘로 날아오르는 비둘기 떼를 본 기억이 난다. 과연 자료를 뒤지니 여러 사례가 나온다. 미국에서는 새해맞이 폭죽놀이 이후에 수천 마리의 새들이 하늘에서 떨어져 사람들이 마치 대재앙의 신호인 듯 겁에 질린 사건도 있었다. 조사 결과 나뭇가지에서 잠자던 새들이 폭죽소리에 놀라 일제히 날아오르면서 자기들끼리 부딪히고 건물에 부딪혀 대량 몰살한 것이다.

야생동물들이 그다지 남지 않은 대도시 도심의 불꽃놀이라면 차라리 낫다. 경포호수는 야생동물 보호구역이자 주요 철새 서식지이니 조용히 하라고 표지판까지 세워놓은 곳에서 불꽃놀이라니, 아닌 밤중에 날벼락이다. 우리 그러지 말고 시에 민원을 넣어보자. 경포 벚꽃놀이 위원회와 강릉시청에 공식으로 민원을 넣었다. 부디 다음 해 잔치부터는 새들과 사람 모두가 즐겁고 잔잔한 강릉시의 즐거운 날이 계속되면 좋겠다.

우리 둘은 모든 동물들을 좋아하지만 그중에서도 주변에서 새들을 찾아보는 걸 정말 좋아한다. 맨몸으로 가볍게 산책을 나가면 꼭 머피의 법칙처럼 희귀한 새들이 포로롱 나타나서 애를 태우는 경험을 몇 번 한 후로는 웬만하면 쌍안경도 꼭 챙겨 나간다. 산하 씨는 서울에도 나름대로 다양한 새들이 있다고 했지만 강릉에 오기 전까지 나는 우리나라에 이렇게 멋진 새들이 다양할 줄 몰랐다. 우리가 강릉에서 본 새들만 해도 오색딱따구리를 포함해 벌써 서른여덟 종류다! 맨눈으로 보면 비슷비슷해 보이는 작은 새들도 쌍안경을 통해 보면 신비하고 예쁜 저마다의 모습을 자세히 볼 수 있어 가슴이 벅찰 정도다.

어느 초여름날, 새도 볼 겸 운동도 할 겸 경포호

수 남쪽 습지로 슬렁슬렁 걸어갔다. 자연 관찰 행사 강의에 쓰려고 하니 주변에 새가 보일 때마다 동영상을 찍어달라고 한 산하 씨의 부탁도 있어 카메라도 들고 나왔다. 새들은 겁이 많아 웬만한 거리에 사람이 오면 금방 눈치를 챈다. 새를 구경한다고 새들의 생명과 직결된 먹이 찾기를 방해하면 안 되기에 길게 자란 수풀 속에 자리를 잡고 조용히 앉았다. 그런데 꼭 이렇게 자리를 잡으면 한 마리도 안 보인다. 긴장을 늦추고 있을 때 느닷없이 나타났다 사라지기 일쑤다. 그렇지만, 그래도 좋다. 같이 살아 있음을 느끼면 그걸로도 만족이다.

조용히 앉아 있으려니 초여름 오후 햇살에 비친 윤슬이 반짝인다. 싱그러운 바람이 불어온다. 짧고 긴 풀들이 바람에 일렁인다. 눈에 보이는 건 파란 하늘과 풀숲 사이 고요한 호수뿐. 아, 이걸 뭐라고 불러야 할까? 파라다이스? 요건 너무 약하고, 파라파라파라다이스는 이미 우리 집 이름인데…. 그럼 이건 '파랄랄라'라고 불러야겠다. 그때부터 경포호수는 파랄랄라, 우리의 제2의 천국이 되었다.

턱받침에 벌레 대환영

케임브리지에서 박사 논문을 마무리할 때, 열 받은 머리를 식힐 겸 주말마다 텃밭에 가서 일손을 돕곤 했다. 마음 맞는 친구들끼리 조직한 '에더블 가든(Edible Garden)'이라는 사회운동이었는데, 멀리 다른 나라에서 농약으로 키워 실어 나른 공장식 채소 말고 우리가 직접 정원에서 유기농으로 가꾼 채소를 먹고, 그러면서 노동의 즐거움도 일깨우자는 취지에서 시작된 운동이다. 함께하는 이들 중에는 채식주의자가 많이 있었고, 미숙한 우리를 도와주는 경험 많은 농부도 있었다. 이를 위해 머리 에드워드 컬리지에서 정원의 일부를 조금 내주었다. 주변 농장에서 얻고 교환한 다양한 씨앗들을 심어 가꾸는 재미가 참 좋았고, 여럿이서 뙤약볕에서 같이 땀을 흘리며 삽질을 하고 호미질을 하는 기분도 썩 괜찮았다. 여기서 처음으로 여러 가지 식물을 키우는 법을 알게 되고, 심고 가꾸는 재미도 느끼게 되었다.

딸기, 순무, 옥수수, 토마토, 당근, 블루베리, 마늘, 시금치, 호박, 콩, 상추 등 다양하게 심었다. 그중에서 크리스마스 때 오븐에 구워 먹는 순무는 나의 첫 작품이라 더욱 애착이 가고 사랑스러웠다. 시금치가 엄청나게 잘 자란 늦봄에는 잔뜩 뜯어다가 나물도 무치고 된장국도 끓이면서 무척 즐거워했다. 어느 여름

날은 옥수수가 무척 잘 자라서 다음 주에는 수확하려는 계획을 세웠는데, 웬걸 주중에 누가 몽땅 다 따 가 버린 사건이 있었다. 그런데 얼마 후에 어떤 아이가 맘대로 따 가도 되는 줄 알았다는 자백과 함께 사과의 뜻으로 직접 만든 엘더베리 주스를 가져왔던 일화도 있다.

전업 농민들에게는 분명 무척 고되고 신성한 일이기에 내가 뭘 키운다고 말하기도 민망하지만, 아무튼 강릉에서도 힘닿는 대로 조금씩 키우는 재미를 느끼고 싶었다. 그래서, 우리 집 베란다에 화분 텃밭을 만들기로 하고 식목일에 맞춰 중앙시장에 갔다. 농사짓는 인구가 많아서인지, 아니면 우리처럼 작은 텃밭을 가꾸는 사람들이 많아서인지, 여러 가지 농사용 모종이 눈에 많이 띄었다. 방울토마토, 적상추, 안 매운 고추, 겨자잎, 케일, 쑥갓, 치커리, 청경채 등 여러 가지를 신나게 골랐다. 바퀴가 달려 편리한 텃밭용 화분도 두 개나 샀다. 이건 어떻게 키워요? 지금 심으면 너무 춥나요? 물 얼마나 줘요? 저건요? 이건요? 흙은 어떤 걸 줘요? 얼마나 바짝 심어요? 토마토 옆에 다른 거 같이 심어도 돼요? 쉴 새 없이 질문을 쏟아내는 내 모습이 우스우신지 모종 가게 아주머니가 옆에서 가만히 듣던 생선 가게 할머니와 함께 와락 웃음을 쏟아내신다. 히히, 한번 해볼게요. 자라겠죠, 뭐!

이름도 귀여운 참부자표 흙을 한 부대 쏟아붓고서 한 종류씩 오종종 줄을 맞춰, 룰루랄라 신나게 모종을 심는다. 마치 우유 팔러 장에 갔다가 우유 판 돈으로 병아리를 사다 키워 그 병아리를 판 돈으로 예쁜 드레스를 입고 파티에 가서는, 춤을 청하는 동네 청년들에게 고개를 가로 저으며 거절할 생각을 하다가 우유병을 다 깨먹은 동화 속의 성급한 아가씨처럼, 나는 신이 나서 부푼 기대를 내비쳤다.

"토마토는 여름에 따 먹고, 고추는 빨갛게 되면 동치미 담글 때 넣을 거야. 바비큐 할 때 여기서 상추랑 치커리 따면 되겠다, 그치?"

그런데 바로 여기서 나와 남편의 의견이 부딪힐 줄이야.

"나는 농사 안 지을 거야. 나는 이거 하나도 안 먹고 다 벌레 줄 거야. 요새 벌레랑 새들이 먹을 거 너무 없잖아. 참새들이 뭐 좀 먹으려고 하면 다 내쫓고. 여기에 '벌레 대환영'이라고 플래카드 붙여놓을 거야."

그러고 보니 산하 씨가 지난 내 생일에 준, 우리

의 미래를 그린 생일카드에서 '벌레 대환영'이라는 피켓을 본 기억이 난다.

"그래? 그럼 우리는 슈퍼 가서 다 사 먹고? 다른 사람이 농사지은 건 괜찮아?"

"사실 그것도 문제이긴 한데…. 그럼 너는 너 맘대로 해. 아무튼 난 그렇게 할래."

"그럼 우리는 조금만 따 먹고, 새들이랑 벌레들이랑 나눠 먹자. 어때?"

"그러자!"

우리는 사이좋게 타협점을 찾았고, 베란다 텃밭 화분에 '벌레 대환영'이라고 쓴 작은 피켓이 이쑤시개에 매달려서 휘날리게 되었다.

우리의 첫 텃밭은 '턱받침'이라고 이름 붙였다. 별 뜻은 없고 '텃밭'이랑 비슷하게 들리길래 그렇게 붙여주었다. 이제 막 태어난 아가들이니까 어울린다고 치자. 턱받침이 무럭무럭 자라기 시작하자 그렇게 귀여울 수가 없었다. 마치 난이라도 키우는 양, 아침저녁으로 베란다에 나가서 돌봐주고, 행여나 흙이 마를세라 물도 열심히 주었다. 며칠 집을 비울 때면 호들갑을 떨며 커다란 물통과 기다란 헝겊으로 삼투압을 이용한 물 주는 장치를 설치해주고, 그보다 길게 집을 비우면 친구에게 부탁까지 하면서. 그렇게 몇

주 만에 거짓말처럼 쑥쑥 자란 상추와 깻잎, 치커리는 친구네와 아랫집 주인아주머니랑 나눠 먹고, 집에 찾아온 손님에게도 자랑스럽게 내놓았다.

처음에는 나비도 벌도 통 오지 않아 안달을 했다. 고작 진딧물이나 날아오고. 진딧물 먹는 무당벌레는 안 오나? 진딧물도 곤충이지만 아무래도 미니 농사꾼인 나의 관점에서 얘네들은 좀 너무했다. 비겁하게 떼로 모여서 연한 잎만 골라 쪽쪽 빨아먹으면 어떻게 하냐! 매우 차별적인 언사이기는 하나, 진딧물은 식물의 생사에 너무 치명적이라 결국 산하 씨와 합의하에 진딧물들을 '종간나 XX들'로 명명하고 박멸 작전을 펼쳤다. 보드라운 잎 때문인지 턱받침에서도 청경채가 진딧물의 사랑을 한 몸에 받았는데 차라리 몰아주자 싶어서 청경채는 안 따 먹고 오로지 진딧물에게 희사했다.

그러다가 조금씩 케일과 쑥갓, 치커리 잎 뒤쪽에 기하학무늬가 생겨나더니 드디어 애벌레가 나타났다! 아마 나방이나 나비가 잎사귀 뒤에 낳은 알이 부화를 했나 보다. 기다랗게 자란 청경채 꽃대를 천천히 기어가는 통통한 연두색 애벌레. 역시 자연의 섭리대로 풀색과 무척 비슷해서 한눈에 찾기는 어렵지만 매일 아침 턱받침에 나가서 요놈이 오늘은 얼마나 더 통통해졌나 찾아보는 재미가 쏠쏠했다. 청경채 꽃대에서만 세 마리가 관찰되었다. 얘들이 때가 되면 예쁜 나비가 될지 웅장한 나방이 될지 무척 궁금했는데, 결국 꽤 길게 집을 비운 7월에 사라지고 말았다. 아쉽지만, 이 또한 자연의 섭리이니 박수를 쳐줄 수밖에. 그나마 그 통통한 모습을 사진으로 담아두었으니 천만다행이다.

먹거리용 채소라도 어엿한 식물로 대해주려고 마음먹으니, 예쁜 꽃도 피우고 씨앗도 맺는 게 눈에 들어온다. 8월로 접어드니 토마토와 고추를 제외한 푸성귀들은 한철을 다 보냈는지 잎사귀는 더 나오지 않고 꽃대를 밀어 올린다. 계속 자라도록 내버려두었다. 상품성이 사라져 뽑아버렸더라면 못 보았을 상추 꽃, 청경채 꽃, 쑥갓 꽃을 보았다. 저마다 화원의 꽃 못지 않게 귀엽고 예쁘다. 꽃에 날아들어 부지런히 꿀을 따다가 잔뜩 꽃가루를 묻힌 벌의 귀엽고 통통한 다리도 보았다. 그렇게 기다리던 나비가 어쩌다 날아오면 얼마나 예쁜지 모른다. 자연 상태에서 싹을 틔우고 꽃을 피우고 시드는 여느 식물처럼 한 생애를 제대로 살도록 두니 이렇게 멋지게 작은 생태계가 만들어졌다.

시들어가는 꽃들은 이제 마른 가지가 되었다. 추석이 지나고 살며시 만져보니 씨앗들이 제대로 만들어져 한가득이다. 통을 가져다가 온갖 씨앗들을 한 번에 다 모았다. 하필이면 중간에 재채기가 터지는 바람에 반 정도 와르륵 흙 속으로 날려버렸지만 그래도 꽤 많이 모였다. 이제 이 씨앗들은 내년에 이사 갈 집 마당에 뿌려줄 테다. 이번에는 화분이 아니라 작은 땅에 심을 수 있어서 기대가 된다. 봉지에 담긴 파는 흙을 화분에 썼더니 몇 달 만에 힘이 다 빠져서 식물이 썩 잘 자라지는 못했던 것이다. 마당에는 여러 가지 잡초 씨앗이랑 썩은 잎사귀가 섞여 있으니 영양분이 훨씬 풍부하겠지! 이번에는 줄 세워서 가지런히 말고 마구마구 뿌려줘야지! 그러다가 잡초 사이에서 낯익은 잎사귀들이 나타나면 얼마나 반가울까! 예쁜 나비랑 잠자리랑 벌이 날아오면 얼마나 귀여울까?

우리는 좀 못 먹어도 된다. 얼마든지 사 먹을 수 있으니까. 이 식물들은 우리에게 먹을 걸 주느라고 제대로 잘 살아보지도 못했다. 벌레들은 돈도 없고 가게도 없으니 우리가 키워서 나눠주자고 마음을 먹는다.

우주선은 나눠 써야 제맛

어느 여름밤, 하루 종일 집에서 작업을 하다가 산책 겸 미도슈퍼에 갔다. 김치 재료를 사서 집으로 향하다가 산책길을 늘려볼 요량으로 바로 앞 농협 하나로 마트에 들어가서 기웃거렸다. 미도슈퍼에는 없는 물건이 필요할 때나 시든 채소나 과일을 싸게 파는 알뜰 코너를 둘러보러 종종 들른다.

그날은 별로 살 게 없길래 새로 단장한 생활용품 코너에 괜히 구경을 갔다. 할머니 두 분께서 다정하게 물건들을 둘러보며 나누시는 이야기가 자연스럽게 귀에 들어온다. 듣자 하니, 한 할머니께서 우주선같이 생긴 찜기를 살까 말까 고민하는데 다른 할머니는 이 물건이 좋다면서 추임새를 넣고 있다. '아 어쩌지? 저거 우리 집에 두 개 있는데. 하나 드린다고 할까? 그럼 우리 집까지 따라오시라고 해야 하나? 납치범이라고 생각하실까? 이상한 동네 바보라고 생각하실까?' 순간적으로 고민이 많이 됐지만, 말이나 한 번 걸어보자.

"할머니, 혹시 이거 필요하세요? 저희 집에 남는 거 있는데 하나 드릴까요?"

나도 참 오지랖 끝내준다. 그런데 귀여우신 할머니는 "그래? 그럼 좋지. 새댁 여기 살어?" 하면서 반가워하시는 게 아닌가. 할머니 두 분은 우리 집보다 꽤 먼 동네에 사시는데 선선한 여름밤에 나처럼 산책 겸 놀러 나오셨단다. 농협에서 그리 멀지 않은 우리 집까지 두런두런 이야기를 나누며 걸어왔다.

"새댁 복 받어, 고마워! 근데 새댁은 무슨 일을 해?"

"아, 저는 디자인을 해요."

"아, 디자인!"

찰떡같이 알아들으신다.

"그중에서도 물자 아껴 쓰고, 쓰레기 줄이고, 자연이랑 사람에 도움 되는 디자인 있잖아요. 그런 걸 해요."

"아, 그래서 이런 거 안 내삐리고 나눠줄려고 하는 거구나!"

사랑스럽고 영리하고 유쾌한 할머니들이시다. 두 분은 심지어 연세가 일흔여덟이나 되셨다는데 10년씩은 젊어 보이신다. 나도 내 친구랑 이렇게 오래 사이좋게 지내고 싶다는 생각이 들게 한다.

얼른 집에 들어가서 우주선 찜기를 들고 내려왔다. 할머니 두 분이 밤 골목에 서서 내게 연신 복을 빌어주신 뒤 돌아가셨다.

우주선 찜기는 유용하긴 하지만 자주 쓰는 물건

은 아닌 데다가 한국에서는 3, 4천 원이면 살 것을 영국에서는 만 원도 넘길래 고민고민 끝에 마련한 살림이었다. 어릴 때 엄마 옆에서 요리 시중을 들면서 펼쳐졌다 오므라졌다 하는 우주선 같은 모양에 재미있어하던 추억도 있는 물건이다. 영국에서부터 여기까지 굳이 싸들고 왔는데 결혼하면서 시어머님께서 나눠주신 주방용품 중에도 있어서 집에 우주선이 두 개나 생긴 거다. 어쨌든 나에게 나름 소중한 물건이라 순간적으로 고민을 했지만, 막상 이렇게 나눠드리고 나니 마음이 좋다. 돈으로는 얼마 안 되지만, 우연히 만난 인연과 함께 물자를 나눠 쓰는 정은 돈으로 환산할 수 없다. 할머니는 이제 집에 가셔서 옥수수며 감자를 찔 때마다 농협에서 만난 오지랖 넓은 새댁을 생각하시겠지? 그때마다 한 번씩 '무슨 디자인? 환경에 좋은 거?' 하고 생각하시지 않을까? 나도 우주선 찜기를 꺼내 쓸 때마다 할머니들과 걷던 동네 골목 가로등 불빛이랑, 그때 들리던 이웃의 개 짖는 소리가 기억날 거다. 두 분은 범띠라서 당신들이 있으면 개들이 안 짖지만, 나는 만만한 양띠라서 개들이 막 짖는다고 하셨던 할머니들의 농담도.

백반집 그랜드슬램

샌드위치와 피시앤드칩스의 나라 영국에서는 우리나라처럼 건강하고 다양한 반찬에 밥 한 그릇 먹기가 쉽지 않다. 한심한 샌드위치 점심을 사려고 줄을 서서 기다릴 때마다 6천 원만 내면 각종 반찬이 주르륵 나오는 백반이 많이 그립다. 따뜻한 밥에 국과 김치, 신선한 나물 반찬에 어쩌다가는 생선 한 토막과 계란 프라이까지 나오는 백반이라니! 특히 강릉은 바닷가 동네답게 거의 어김없이 생선 한 토막이 따라 나온다. 이런 밥상은 생선을 제하면 훌륭한 채식주의 식단이기도 하다. 커피 한 잔 가격에 이렇게 따뜻한 집밥을 먹을 수 있다고 하면 영국 친구들은 믿지도 않는다. 아름다운 우리의 기사식당이여!

강릉에 사니 이따금 우리 동네 언덕식당, 동원식당, 소담한 한정식 등 백반집에 마음껏 가게 되어 좋은데 이젠 막상 푸짐한 반찬이 너무 지나쳐서 탈이다. 아까운 나물이랑 멸치볶음, 김치를 다 못 먹고 남기게 되면, 이 반찬이면 다음 한 끼는 거뜬한데 하며 배고픈 영국 생각도 나거니와 음식 쓰레기 문제도 안타깝다. 무엇보다 정성스럽게 만드신 아주머니 솜씨까지 버려지는 게 마음이 쓰인다.

결국 먹고 남은 반찬을 싸오려고 네 칸짜리 반

찬통을 마련했다. 남은 음식을 싸달라고 부탁하면 꼼짝없이 비닐이나 일회용 플라스틱 용기에 담아주시니 음식 쓰레기 없애려다 또 다른 쓰레기를 만드는 것에 난감하던 차에 동네 마트에서 적당한 통을 발견했다. 마침 놀러온 새언니가 기분 좋게 사준 네 칸짜리 반찬 그릇이 오종종 들어간 밀폐용기는 조금씩 남은 반찬을 여럿 담기에 안성맞춤이다.

출동 대기 중인 반찬통을 처음 들고 곰칫국을 먹으러 식당에 간 겨울날, 남은 반찬은 싸달라며 반찬통을 짜잔 꺼냈다가 아주머니께 분에 넘치는 칭찬까지 들었다. 남은 찬 싸달라는 사람은 가끔 있어도 이렇게 반찬통까지 마련해오는 알뜰한 새댁은 처음이라며 하도 칭찬을 하니 괜히 어깨가 으쓱했다. 뭐 이런 걸 가지고.

그런데 몇 번 하다 보니 필요할 때는 반찬통을 깜빡하거나 혹은 막상 싸가기엔 반찬이 애매하게 남는 일이 생겼다. 풋고추 막장처럼 애초에 가져가도 안 먹을 반찬들도 있고. 그래서 전략을 약간 고쳤다. 손 안 댈 반찬은 미리 돌려드리는 방법이다. 그렇게 우리가 처음부터 먹을 가짓수와 양을 정해두면 반찬을 모두 싹 비우는 그랜드슬램도 가능하다.

처음에는 나오는 반찬은 모두 일단 받아두었다

가 식사를 마친 후, "아주머니, 이거 이거는 손 안 댔어요" 하고 돌려드렸는데, 이미 상에 낸 찬을 다시 쓸 수 없다는 방침 때문에 음식 쓰레기 줄이기 작전이 재차 실패로 돌아갔다. 배가 고파 기다리다가 음식이 상에 나오면 일단 먹기 바빠 남을 반찬 생각은 까맣게 잊는 것이다. 몇 번의 시행착오를 거쳐 이제는 반찬 그릇이 줄지어 상에 올라오면 일단 다 먹을 양인지, 안 먹을 반찬은 있는지 확인하며 남편과 눈빛을 주고받느라 바쁘다. 그래서 받자마자 돌려드리면 아주머니 얼굴에 웃음이 핀다.

이제는 백반집 그랜드슬램 놀이에 재미를 붙였다. 일단 맛있게 밥을 먹다가 하나둘 반찬 그릇이 비워져가면 깨알 하나도 집어 먹겠다는 자세로 하나씩 깨끗이 비우면서 빈 회전초밥 접시처럼 높이 쌓는 거다. 먹는 재미, 쌓는 재미, 쓰레기 줄이는 재미에 쌓다 보면, 대부분 식당 아주머니들은 웃으며 "아이구 그냥 두세요" 하고 말리신다. 심지어 "아예 설거지까지 하시게요?" 하면서 농담을 건네시는 분도 있다. "음식이 맛있어서 깨끗이 다 비웠어요. 잘 먹었습니다!" 하며 식당문을 나서면 식당 아주머니들도 고마워하시고 우리도 기분 좋게 하이파이브다. 오늘도 그랜드슬램!

찰떡부부의 머그잔

아파트 단지 앞에서 채소 파시는 할머니들에게 다녀왔다. 할머니 몇몇 분이 앉아서 각자 키운 호박잎, 오이, 가지에 파, 마늘, 나물 따위는 정성껏 손질해서 파신다. 우리는 믿을 수 있어 좋고 이분들은 소일거리 삼아 경제 활동도 하니 누이 좋고 매부 좋다. 심지어 서울에서는 구하기 힘든 국내산 고사리며 도라지도 다듬어 파신다. 하루는 고춧가루를 파시는 할머니에게 "이거 국산이에요?" 하고 물으니, 어이없다는 얼굴로 대답이 돌아온다. "뭐라고? 이거 내가 키워서 빻은 거여!"

시장에서 받은 검은 비닐봉지들은 착착 모아두었다가 가져가서 인상 좋은 할머니를 골라 몽땅 드리고 온다. 하나라도 아껴 쓰고, 물건 귀한 줄 아시는 우리 윗세대 분들은 겨우 봉지 모아온 거 가지고도 그렇게 고마워하신다. 새댁 예쁘다고 칭찬받는 재미에 집에 들어온 봉지들은 꼭꼭 모으게 된다. 오늘도 선한 인상의 할머니한테 봉지를 안겨 드리면서 그분이 직접 까서 손질하신 도라지를, 그 옆에 앉아 계신 할머니에게서는 고사리를 샀다. 추석 때 서울 어른들께 가져다 드리면 좋아하시겠지!

장을 보고 돌아오는 길에 동네에 새롭게 문을

연 떡찻집이 눈에 띈다. 이름도 귀여운 찰떡부부 찻집이다. 맛있는 찹쌀떡 생각에 이끌려 들어섰다. 과연 상냥한 아주머니가 커피를 내리시고 인상 좋은 아저씨가 떡 만드는 주방에 계신다. 이분들이 바로 그 찰떡부부인가? 손님은 우리뿐인데 앞선 손님이 다녀간 탁자가 아직 그대로이다. 다 마신 종이컵 두 개와 플라스틱 컵 하나, 접시가 놓여 있다.

"안녕하세요? 혹시 여기 커피, 머그잔에도 주시나요?"

"머그잔이요? 하나 있긴 한데. 테이크아웃 컵에 드릴게요."

"아니요, 쓰레기 나오잖아요."

"아, 괜찮아요. 드릴게요."

"아니, 우리가 안 괜찮아서 그래요. 머그잔에 주세요."

"네, 그럼 이거 씻어서 여기에 드릴게요."

아주머니는 장식용 머그잔밖에 없는지 망설이다가 우리의 거듭된 부탁에 돼지가 그려진 귀여운 잔에 커피를 내오셨다.

우리나라에 스타벅스가 들어오기 전이니 10여 년 전쯤일까, 타 먹는 믹스 커피나 자판기 커피의 종이컵이 사회문제가 된 적 있는데, 그때는 지금에 비하면 애교 수준이었다. 커피전문점이 전국적으로 무척 많아지면서 여기서 쏟아져 나오는 (자판기 컵과는 비교도 안 되는 커다란 크기의) 종이컵에 플라스틱 뚜껑에 두꺼운 종이 슬리브까지 더해져 쓰레기 문제는 이제 거의 통제 불능으로 느껴진다. 커피전문점이 생겨난 이래로 거리의 미화원이 치워야 하는 쓰레기의 양이 10배 넘게 늘어났다는 기사도 있지만 대부분 아랑곳하지 않는 눈치다. 넘치는 쓰레기에 자원 고갈, 모두 속상한 문제지만 더욱 속상한 건, 심지어 매장 안에서 마시는 음료조차 으레 일회용 컵에 담아주는 게 기본이 된 커피 문화이다. 그리고 이렇게 건넨 종이컵을 아무렇지 않게 받아 마시고 버리는 소비자들. 매장 안에서 부득이 일회용 컵에 담아주는 행위가 실은 불법이라는데 제대로 지켜지지가 않는다.

오늘 나 하나 종이컵 안 쓴다고 세상이 달라지지는 않겠지만, 매장 직원들에게 머그잔을 찾는 사람도 분명 존재한다는 사실을 알려 조금이라도 변화를 만들어내고자, 늘 찻집에 들어가면 일단 머그잔에 주는지부터 확인을 한다. 다들 사람들이 원해서 종이컵을 준다고 하니 말이다. 여기 안 그런 사람도 있어요. 그나마 우리의 머그잔 사수 작전도 세 번에 한 번은 실패하기 일쑤다. 현란한 음료 메뉴에 심취해서 계산할 때 재차 머그잔을 강조하는 걸 잊는 나의 건망증, 혹은 요청을 받고서 뒤돌아서면 습관적으로 종이컵부터 집는 바리스타의 건망증 때문이다. 여하튼 이 떡집에서는 성공이다. 다행이다.

그렇게 받은 머그잔에 담긴 차와 함께 베어 문 찹쌀떡 맛이 일품이다. 서울에서 보기 힘든 푸짐한 크기에 적당히 달콤한 팥소는 신선하고 견과류가 심심치 않게 씹힌다. 우리끼리만 먹을 수는 없는 맛이다 싶어서 양가 부모님께 갖다드릴 떡을 더 사려고 계산대에 돈을 내밀었다.

"떡이 무척 맛있어요! 이거 두 팩 더 살게요."

"아, 고맙습니다. 싸드릴게요."

"아니에요, 그냥 가져갈게요."

"어떻게 그냥 가져가세요. 싸드릴게요."

우린 이미 장바구니를 들고 있었고, 개별 포장된 떡은 네 개씩 스티로폼에 담겨 랩에 싸여 있어 이미 포장은 충분하고도 남았다.

"아니요, 저희 쓰레기 만드는 거 싫어서 그래요." 했더니 '아, 얘네들 아까도 그랬지!' 하고 깨달은 눈빛을 보내신다.

"기억할게요."

이렇게 약속까지 해주셨다. 정신없이 바쁜 큰 커피전문점에서는 진상 손님 취급받기 일쑤인데, 역시 여유로운 강릉인 데다 이제 막 새로 시작한 터라 손님에 대해 배려할 여유가 더욱 있으신가 보다. 이럴 때 한 번 더 각인효과도 노릴 겸, 떡 포장에서 스티로폼 용기를 살살 빼 돌려드리면서 부탁드렸다.

"고맙습니다. 근데요, 저희도 그렇지만 다른 손님들 오셔도 머그잔에 주시고 그러면 좋지 않을까요?"

이젠 정말 기억하시겠지. 누구나 종이컵을 원하는 건 아니라는 걸. 누구나 비닐봉지에 담아서 가져가고 싶어 하는 건 아니라는 걸. 누가 먼저랄 것도 없이 소비자와 상인이 모두 환경에 대해 자기 몫을 하려는 의지를 다진다면, 상인이 내주기에 생각 없이 받았지, 손님이 요구해서 어쩔 수 없이 줬지, 하고 서로 핑계를 대지 않는 커피 문화가 만들어질 거다.

커피 문화뿐 아니라 검은 비닐봉지도 다르지 않다. 암만 대형슈퍼에서 봉지마다 값을 받는 정책으로 정부가 노력해도, 공짜 채소용 봉지를 남용하거나, 재래시장에서 겹겹이 봉지를 요구한다거나, 반대로 굳이 원하지 않는데도 두 겹 세 겹 담아주는 한 끗 빗

나간 서비스 정신을 발휘한다면 넘치는 비닐봉지 문제의 해결은 요원하다. 특히 올봄에는 중국이 재활용 쓰레기 중에서 비닐봉지 수입을 전면 금지하면서 우리나라 전체가 재활용 쓰레기 대란을 겪었다. 아직까지 이렇다 할 묘책이 없으니 비닐봉지 사용을 줄이는 수밖에는 없다.

뜻밖에 호응해주신 주인 내외분께 감사한 마음에 찻집을 나서는 길에 넉살좋게 농담을 던지니 부부의 얼굴에 웃음이 번진다.

"아, 혹시 이렇게 두 분이 찰떡부부이신가 봐요? 저희도 찰떡부부예요!"

우리도 찰떡처럼 한 번 꼭 끌어안고는 웃음을 참지 못한다.

미도할인마트

강릉 포남동은 가로등불 골목이 참 운치가 있다. 이사한 첫 주에 가로등이 켜진 동네 골목을 산책하다 옛날식 슈퍼인 미도할인마트를 지나게 되었다. 이제는 찾아보기 힘든 고전적인 동네 슈퍼이다. 완전 구멍가게는 아니라 한쪽에 채소용 냉장고와 냉동고도 있고, 반대편에는 과자와 라면은 물론 볼펜 같은 간단한 문구류에서 분무기나 깔때기 등의 공산품까지 꽤 다양한 품목을 판다.

입구에 내놓은 빈 막대사탕 통이 눈에 띄어 슬쩍 주워 왔다. 음식 쓰레기 비닐봉지를 넣고 쓰기 딱 좋은 크기다. 그런데 막상 집에 가져와 보니 아무래도 뚜껑이 없는 게 영 마음에 걸린다. 호기롭게 슈퍼로 돌아가 뚜껑까지 얻어볼까 하니, 산하 씨가 주워 온 것까지는 괜찮아도 버리지 않은 것까지 달라고 하면 주겠느냐며 말린다. 나도 좀 주책이긴 하다.

'심술 맞은 아저씨면 어떻게 하지? 통은 왜 주워 갔느냐고 혼나려나? 안 주면 할 수 없지' 하는 마음으로 다시 집을 나섰다. 이번에는 용기를 내서 슈퍼 안으로 들어갔다. 괜히 이것저것 둘러보며 눈치를 보다가 코코아 한 통을 사면서 슬쩍 물어보니, 예상 외로 아저씨가 "롤리팝 뚜껑이요? 여기 있어요" 하면서 흔쾌히 내주신다. 이렇게 고마울 수가! 반말로

막 안 된다고 화내면 어쩌나 했던 걱정이 무색하게 한없이 점잖고 정다우신 미도할인마트 아저씨와 나의 인연은 그렇게 시작되었다.

"안녕하세요오~."

슈퍼에 들어서면 아저씨는 늘 특유의 강릉 억양이 섞인 인사를 건네신다. 10여 미터 앞에 커다란 농협 하나로마트가 있어 이 작은 동네 슈퍼에 누가 올까 싶은데 하나로마트가 들어서기 전까지는 동네 사람들이 모두 이용하던 가게였다고 한다. 너무 가까이 들어선 하나로마트와 큰길가에 새로 연 이마트 때문에 가게 매출이 무척 많이 떨어졌다는 사실을 문방구 아주머니에게서 들었다. 그래도 슈퍼를 운영하는 부부가 인품이 좋아 동네 사람들이 다 좋아한다는 평과 함께. 아, 거대 자본의 횡포가 여기에도! 안 그래도 나와 남편은 지역경제 활성화를 외치며 작은 가게들을 유별나게 좋아하는 데다 아저씨의 인간미에 매력을 느껴 미도할인마트는 우리 집 공식 단골 슈퍼가 되었다. 하나로마트보다 약간 비싼 물건도 있고 덜 싱싱한 물건도 있지만, 그래도 미도가 좋다.

미도할인마트는 요새는 좀체 찾아볼 수 없는 추억의 스티커 모으기 제도를 운영한다. 어릴 때 사촌 동생이 유치원에서 모아 오던 포도 스티커와 비슷한데 5천 원어치 살 때마다 사과 스티커를 한 장 주시고 그걸로 사과나무 한 그루를 다 채우면 휴지를 주신다! 우리는 1년 좀 안 되게 사는 동안 부지런히 모으기도 하고, 아저씨가 인심 좋게 많이 주시기도 해서 벌써 세 그루째 사과나무를 키우고 있다.

"아저씨, 이거 깨끗하게 씻었는데 혹시 다시 쓰실래요?"

"뭐 이런 걸 다. 아유 고맙습니다. 잘 쓸게요."

마늘이나 쑥갓 등을 담아 파시는 스티로폼 용기를 씻어서 재사용하시라고 돌려드리면 싫은 내색 안 하시고 반갑게 받아주신다. 이제는 친구가 다른 데서 받은 것도 모아서 드린다. 재활용도 물론 좋지만 재활용에 들어가는 물류비나 제조비 등을 생각하면 일단은 재사용이 가장 효율적인 친환경 방법이다. 장바구니를 가져가서 물건을 담으려고 하면 비닐에 넣어주시겠다고 고집 피우지 않고 잘 넣어주신다. 이런 걸로도 실랑이를 벌여야 하는 상점이 많으니 이조차도 귀한 일이다.

신혼 첫해이다 보니 살림과 요리에 기본이 되는 잡다한 물건과 식재료를 장만하느라 하루가 멀다

하고 슈퍼를 드나들었다. 그리고 슈퍼를 들락거린 이유가 하나 더 있었는데, 미도할인마트에서는 다른 데서는 본 적이 없는 알파벳 로봇을 살 수 있었다. 장 보러 가서 요걸 두 통씩 사오는 재미가 꽤 쏠쏠했다. 상자에 손바닥보다도 작은 로봇 하나랑 작은 사탕 한 봉지가 들어 있는데, A부터 Z까지 각각 특유한 메커니즘으로 변신하는 로봇이다. 아주 작은 장난감이지만 각 글자마다 변신하는 방법과 생김새에 완성도와 독창성이 엿보여 모으기 시작했다. 이미 갖고 있는 A나 M은 나오지 말라고 속으로 빌면서 짐짓 심각하게 이리저리 고를 때면 아저씨도 같이 흥미진진해하신다. 중복으로 뽑힌 걸 한두 개 가져다주었더니 이제는 다섯 살짜리 조카 현우도 좋아하는 ABC 로봇!

하여간 이 로봇을 사려고 미도할인마트에 더 자주 가게 되었는데, 어느 날은 동네 꼬마들이 몽땅 사갔는지 다 팔리고 없었다. 이때만 해도 미도 아저씨랑 아직은 좀 서먹할 때라 내가 갖고 논다고 말했다가는 동네 바보 언니로 보일까 봐 "아, 제 조카가 좋아하는데요. 이제 없나요?" 하고 물었다. 아저씨는 그 물건이 요새 공장에서 잘 안 나온다며 "제가 좀 알아볼게요" 하고 성의를 보여주셨다. 그다음다음 주에 요령 좋게 몇 상자를 짜잔 확보해주신 덕분에 나의 로봇 컬렉션은 계속될 수 있었다. 그리고 이제는 아저씨도 내가 갖고 노는 걸 알아차리셨다.

아주머니도 좋은 분이다. 모처럼 손님을 초대해서 강릉산 재료로 음식을 차려볼까 하고 요리법을 여쭤보면 주부 9단의 요리 비법을 일러주신다. 그런데 비법도 비법이지만 미도할인마트에는 정말 좋은 먹거리가 널렸다. 초당 두부로 유명한 강릉이라 몽글몽글 순두부도 쉽게 살 수 있고, 우리 동네에서 기른 포남 콩나물, 밭에서 따온 호박잎이나 오이 등 채소, 주문진의 오징어젓갈도 싸고 좋다. 대형 마트에서는 여러 겹 포장해서 두 마리에 만 원도 넘게 받는 반건조 오징어가 여기서는 열 마리 한 축에 2만 원이다. 이건 정말 인기가 많아서 서울 집에 몇 번이나 사다 날랐다. 덕분에 우리 집 사과나무는 쑥쑥 자라고! 장볼 때마다 주인 내외분과 도란도란 정이 쌓이니 대형 마트에서는 생각도 못할 정을 듬뿍 느낄 수 있는 그야말로 동네 슈퍼다.

어릴 때 살던 우이동에는 만물슈퍼라는 곳이 동네의 구심점이었다. 혼자 가서 하드도 사 먹고 엄마 심부름으로 두부도 사 오곤 했다. 여덟 살 때는 혼자서 처음으로 요리를 해보겠다고 요리책에 나온 대로 파 한 대를 사러 갔다. 그런데 아주머니께서 파 한 대를 잘못 알아들으시고 파 한 단을 주시는 바람에 그날 요리 실습을 위해 오빠와 나눠 쓰라고 엄마가 남겨두고 가신 예산의 90퍼센트를 써버려 오빠에게 한 소리 들은 기억도 있다. 노란 껌 사오라는 할머니 심부름에 쥬시후레시가 아닌 엉뚱한 계피 껌을 사서 매운 맛에 당황한 기억, 오빠랑 소시지랑 쥐포 사 먹고 남은 20원으로 땅콩 캐러멜 하나씩 까 먹은 기억…. 슈퍼 오빠는 오빠 친구이자 내 친구이기도 했고, 슈퍼 아주머니는 우리 엄마랑 친구고… 이런 게 대형 마트에서 가능이나 한 일일까.

그러다가 영국으로 돌아가게 되어 포남동을 떠나는 날이 오고 말았다. 워낙 훌쩍 떠나는 일이 많지만 헤어짐은 늘 어렵기만 하다. 특히 미도 아저씨처럼 개인적으로 연락을 주고받지 않는 사이에 쌓인 정에 고하는 이별은 더욱 슬프다. 아무리 온 세상이 연결된 인터넷 세상이어도 내가 이 인연과 다시 연결될 일은 희박하기에. 떠날 날이 가까워진 어느 날 저녁 슬픈 마음을 추스르고 작은 찻잔을 작별 선물로 드리려고 포장해서 미도할인마트로 찾아갔다.

“아저씨, 안녕하세요? 저… 외국으로 가게 됐어요. 이제 자주 못 올 거예요. 그동안 정말 감사했어요. 아저씨 덕분에 여기 오는 게 늘 즐거웠어요. 이거 받아주세요."

주책맞게 눈물이 나오려고 해서 카운터에 찻잔을 내려놓고 황급히 문을 나섰다. 처음 슈퍼에 갔을 때 눈에 담았던 그 노란 가로등 불이 비치는 밤 골목이다. 그런데 아저씨가 나를 따라 달려 나오시며 내게 커다란 곽휴지 세트를 건네신다.

"아, 아저씨 이거 왜 주세요? 우리 아직 사과나무 다 못 모았잖아요."

"아니에요 새댁, 가져가요. 선물이에요. 외국에서 건강하세요."

이제는 주체할 수 없이 눈물이 흐르는데, 동네 슈퍼 아저씨랑 헤어진다고 이렇게 펑펑 우는 나 스스로가 너무 주책맞고 우스워서 몇 번 실랑이 끝에 더 이상 거절을 못하고 커다란 곽휴지를 끌어안고 집으로 돌아왔다.

그 후로 휴가를 받아 한국에 다시 왔을 때, 강릉에서 제일 먼저 가고 싶은 곳이 미도할인마트였다. 그렇게 그리운 마음에 남편과 함께 강릉에 도착하자마자 미도할인마트를 찾아갔다. 그런데 이럴 수가. 미도할인마트 골목에 우리의 정다운 슈퍼는 온데간

데없고 편의점이 문을 열 준비를 하고 있는 게 아닌가. 눈을 감으면 눈앞에 선하던 미도할인마트의 귤색 간판과 그 앞에 있던 수박 냉장고와 계란, 맥주 포스터가 결국은 우리가 떠난 지 1년도 안 돼 인간미라곤 찾아볼 수 없는, 형광등만 눈이 부시게 번쩍이는 편의점에 자리를 내주다니. 너무나 충격적인 광경에 우리 부부는 할 말을 잃고 황급히 그 자리를 떴다. 아, 우리의 소중한 강릉이 또 이렇게 변하는구나. 대체 아저씨는 어디로 가셨을까. 괜찮으신 걸까. 슈퍼가 아니라면 대체 어디서 무얼 하시는 걸까.

당시에는 너무나 황망하여 힘없이 발걸음을 돌리며 강릉 방문을 마쳤지만 그다음 휴가에 다시 강릉을 찾았을 때는 아저씨를 찾기 위해 수소문을 시작했다. 이 동네에서 오래 장사를 하셨으니 이웃 가게에 물어보면 알지도 모른다는 희망을 품고 길을 나섰다. 부동산에도 물어보고, 옛 미도할인마트 자리 양 옆 중국집과 학원에도 가보고, 미용실에도 물어본 끝에 미용실에서 아주머님 번호를 알려주었다. 야호!

"아주머니 저 옛날에 자주 가던 새댁인데요, 혹시 제 목소리 기억하세요? 네, 맞아요! 만날 장바구니 들고 가서 로봇 사던 키 작은 여자요. 오랜만에 아저씨 만나러 왔는데 슈퍼가 사라져서 무척 놀랐어요.

잘 지내세요?"

아저씨 못지않게 푸근하고 인상이 좋으셨던 아주머니께서 용케 내 목소리를 기억하시고 집으로 초대를 해주셨다. 다행히 두 분은 슈퍼 앞 아파트에 살고 계셨다. 슈퍼를 처분한 후에 아주머니는 건강을 추스리고 계시고 아저씨는 인테리어 설비 일을 시작하셨단다.

"이거 어디서 많이 본 것 같지 않아요? 뭐 이렇게 예쁜 걸 주고 갔대요?" 하시며 아주머니께서 눈에 익은 찻잔에 차를 내오신다. 우리 온다고 깎아놓으신 단감이 접시에 산더미같이 수북하고, 고구마도 한 솥 쪄서 내놓으신다. 최근 결혼한 예쁜 딸의 사진을 보여주시며 이야기 보따리를 풀어내시는 아주머니의 여전히 정다운 웃음.

비극이 될 뻔했던 우리와 미도할인마트의 인연은 이렇게 되살아났다. 이제 우리가 정답게 들러 초당 두부 한 모와 로봇 사탕을 고를 슈퍼는 없지만 아주머니를 만나고 아저씨가 잘 계시다는 걸 확인한 것만으로도 마음이 놓였다. 사라진 미도할인마트를 생각하며 안타깝던 마음이 그날 접시에 담긴 단감과 함께 피운 이야기꽃으로 녹아내렸다. 여전히 아저씨의

"안녕하세요오~" 인사는 귀에 선하고, 무더운 여름날이면, 그해 무척 덥던 여름날 아저씨가 이마의 땀을 훔치며 묵묵히 카운터 자리를 지키시던 모습이 떠오른다. 덥건 춥건 한결같은 예의와 선한 모습으로 묵묵히 하루를 살아내시는 생활인의 경건함과 이분들과의 정다운 기억이 오래오래 마음에 남는다.

3부

케임브리지 딱따구리

2014~2018

재활용 신에게 무엇이든 기도하세요

남편과 아직은 장거리 연애를 하며 박사 논문을 쓰던 어느 날, 책상에서 저녁을 때우며 늦게까지 일하고 집에 돌아가려니 아무도 없는 빈방에 그냥 돌아가기가 심심했다. 괜히 집 근처 골목을 둘러보기로 한다. 특유의 노란 불빛이 따뜻하게 비치는 이층집들이 늘어선 케임브리지의 밤 골목이 평화롭고 조용하다. 작은 자전거에 올라 아무도 없는 골목을 빙글빙글 기웃거린다. 밤바람이 좋다. 케임브리지가 사랑하는 재활용 선반은 이렇게 우연히 발견하게 되었다.

'스튜디오'라고 쓰인 커다란 집 담벼락 한쪽에 사람 키만 한 붙박이 선반이 있고, 그 위에 올려진 나무 지붕 처마에 "Recycling shelf. Free to put or take. Useful things only. No rubbish"라고 쓰여 있다. 선반에는 알 수 없는 물건들 더미. 우잉? 저게 뭐지? 한밤에 달리던 자전거를 세우고 공짜 물건을 구경한다는 게 좀 겸연쩍어 그냥 지나치려고 했다. 그렇지만 이내 호기심을 참지 못하고 짐짓 아무렇지 않은 척 자전거를 세웠다. 후드를 쓴 젊은 동유럽 남자애가 선반을 기웃거리다가 무언가를 집어 들고 재빨리 사라진다.

선반 위에는 꽤 쓸 만한 부엌용품부터 정체불명

의 잡동사니까지 온갖 물건이 가득하다. 알록달록한 머그컵과 나무 옷걸이도 몇 개 있고, 알 수 없는 플라스틱 부품과 낡은 컵케이크 틀이 상자에 담겨 있다. 작동이 의심스러운 전기난로 옆에는 커다란 봉지에 어린이 옷과 인형 따위가 삐죽 나와 있다. 분명 매트리스는 놓지 말라고 쓰여 있는데 누군가 굳이 갖다놓은 매트리스도 비에 젖은 채 한쪽에 처량하게 놓여 있다. 와, 이런 데가 다 있네! 진짜 그냥 가져가도 되나? 비록 쓰레기에 가까운 물건도 있지만 분명 누군가에게는 쓸모있을 물건도 있다.

선반을 뒤적여 다리 하나가 부서진 작은 강아지 모형과 플라스틱 장난감 의자, 아기는 사라지고 없는, 역시 덮개가 조금 부서졌지만 수리해볼 만한 장난감 유모차를 슬쩍 주머니에 넣어왔다. 너네 이런 선반 있는 거 아냐고, 이런 거 주웠다고 내일 학교 가서 자랑해야지!

그 후에도 집에 오는 길에 이따금 그 미스터리 재활용 선반에 들르곤 했다. 두어 번은 옷장에 늘 모자라기 십상인 옷걸이를 가지러 갔고, 이후에는 괜히 둘러보는 재미로 갔다. 후에 집을 옮기며 짐을 정리하면서 아직 쓸 만하지만 가져가기엔 부피가 너무 큰 공구 상자와 우리 집 재활용 통에 버려진 멀쩡한 접시

세트를 주워다가 선반에 옮겨두고 왔다. 그렇게 하고는 내 물건들이 새 주인을 찾았을까 혹시 천덕꾸러기 신세는 아닐까 다음 날 출근하면서 들렀는데 그새 사라지고 없다. 무거워서 낑낑댄 어제의 수고가 보람차다. 쓸 만하긴 하지만 판매용으로 기부하기는 어정쩡한 물건들의 새 주인을 찾아주기에는 아무래도 이곳이 제격이다.

그로부터 얼마 후에 알게 된 지금의 집주인 엘렉트라가 마침 그 재활용 선반을 운영하는 이와 유치원 때부터 친구라는 사실을 알게 되었다. 사이먼 영이라는 멋지고 재미있는 괴짜 사나이는 케임브리지 커뮤니티 컬리지에서 인테리어 디자인을 가르치던 발명가로 지금은 은퇴해서 이것저것 만들면서 사는 분이다. 그저 즐거워서 오래전부터 집 앞에 이런 선반을 만들어서 운영해왔다는데 사이먼은 이 선반을 숫제 '재활용 신'이라고 부른다. 필요한 게 있을 때이 신에게 기도하면 무엇이든 다 구해준다는 강한 믿음을 갖고! "이 잠바도 선반에서 얻었고, 이 바지도, 이 스웨터도!" 사이먼은 꽤 낡고 커다랗지만 나름대로 멋진 옷들을 보여주면서 뭐 갖고 싶은 거 없냐고 내게 묻는다. "음… 그럼 인형의 집도 있어요?" 하고 괜히 얼토당토않은 걸 물어보았다. 그런데 대답은 "물론이지! 기다릴 것도 없어. 내 작업실에 두 개 있는데 하나 줄게. 집으로 와" 한다. 정말이네. 아무거나 말해도 다 있네! 선반에서 얻은 재활용품에 대한 답례로 낯선 이에게 받은 커다란 염소치즈 덩어리를 나누어주며 재활용 신은 심지어 먹을거리까지 책임져준다며 윙크를 던진다.

사이먼의 집 마당에는 낡은 자전거 여러 대와 역시 낡은 보트가 두 척 있고, 작업실 선반마다 온갖 부품이 가득하다. 선반에서 구한 엔진과 부품으로 손자를 위해 만들고 있다는 작은 경주용 자동차를 자랑스럽게 보여준다. "전구든 건전지든, 뭐든 살 필요가 없다니까." 아, 이런 삶도 가능하구나! 그렇지만 늘 얻기만 하는 건 아니라고 한다. 침대 매트리스나 고장 난 텔레비전 따위의 골치 아픈 쓰레기를 몰래 버리고 가는 이도 많다는 것이다. 이런 물건들은 사이먼이 직접 쓰레기장에 실어다 주고 처리 비용까지 내야 해서 화가 나기는 해도, 감당할 만하다니 다행스럽다. 문제는 노포크 지역에 있는 다른 집에서 작업하느라 이 집을 종종 비우곤 하는데 그럴 때마다 쌓이는 대형 쓰레기 때문에 이웃 주민의 항의가 심하다는 것이다. 뭔가 도움이 필요하겠다는 생각이 들었다.

이렇게 맺은 인연을 통해서 학교 동료 두 커플이 사이먼네 집에 세 들어 살게 되었는데, 덕분에 알게 된 사실은 선반의 순환이 무척 빠르다는 점이었다. 아침에 출근할 때 본 물건이 저녁에 퇴근할 때 보면 없어지는 일이 다반사이고 매일매일 새로운 물건이 어디선가 나타나서 재빨리 사라진다는 증언이 이어졌다.

그러던 어느 날, 결국 사이먼도 12년 만에 선반을 철거하겠다는 결심을 내리기에 이르렀다. 점점 집을 비우는 날이 많아지면서 매일매일 쌓이는 폐기물 처리를 제때 하기 어려워진 데다가, 그동안 마음 좋은 이웃에게 빌려 쓰던 차고를 돌려줘야 하는 바람에 공간이 없어졌다는 설명이다. 비양심적인 사람들 때문에 이렇게 멋진 순환경제의 살아 있는 모델이 사라진다는 소식에 한 대 얻어맞은 기분이었다. 폐기 비용 몇 푼 아끼겠다고 양심 없이 밤에 몰래 와서 침대 매트리스 따위를 갖다 버리는 사람들을 잠복했다가 잡아서 응징이라도 했어야 하는 건가.

그런데 즐거운 반전은 그 뒤에 일어났다. 사이먼이 선반을 치우고 철거 안내문을 내다 붙인 그날 저녁, 누군가가 물건들을 갖다놓고는 "CLOSED"라는 글자 위에 "X" 표시와 함께 "OPEN"이라고 써 놓고 사라진 것이다. 이후에도 몇 주 동안 재활용 선반을 사랑하는 사람들이 두고 간 물건들이 계속 쌓였다가 사라졌다. 사이먼은 지역사회의 열띤 반응이 반갑긴 했지만 결심을 되돌릴 수 없어 "OPEN"이라는 누군가의 염원을 스프레이로 지우고 이번에는 "CLOSED CLOSED CLOSED CLOSED CLOSED CLOSED CLOSED…"라고 스물여덟 번이나 써놓았다. 그랬더니 이제는 손으로 그린 지도가 나타났다. "새로운 학생 선반"이라는 제목과 함께. 현재 위치에서 자전거로 7분 거리, 길버트 로드 145번지에 사는 누군가의 집에 새로 마련된 선반으로 가는 길 안내였다!

이제 케임브리지 에일스톤 로드의 옛 재활용 선반은 구글맵 거리뷰에만 남아 있을 뿐 영원히 문을 닫았다. 하지만 이렇게 지역사회의 작은 전통이 근처에서 멋지게 이어져간다니 무척 기쁜 소식이다. 매일매일 쓰레기를 산더미같이 만들어내고 양심을 저버리는 사람들에게 실망하면서도, 결국 우리가 인류에게 여전히 희망을 가지게 되는 이유가 아닐 수 없다.

브러미와 흥나니

케임브리지는 자타가 공인하는 영국 최고의 자전거 도시이다. 전체 인구 4분의 1의 주요 교통수단이 자전거이고, 케임브리지 대학의 학생과 교직원 75퍼센트가 자전거로 통학한다. 언덕이 거의 없이 지대가 평평한 데다가, 13세기에 세워진 오래된 대학 도시라 길이 좁고, 버스 시스템이 그다지 훌륭하지 않고 비싸며, 웬만한 거리는 자전거로 다닐 수 있는 적당한 크기의 도시라는 점 등의 다양한 요인이 서로 영향을 미치며 자전거 문화를 키워왔다. 실제로 도로마다 자전거 전용 도로가 잘 깔려 있고, 자전거 도로가 없는 곳도 다들 용감하게 잘 누비고 다닌다. 위험하게 운전하는 자동차에게는 자전거족들이 어김없이 호통을 치는 자전거 천국이다.

처음 케임브리지에 와서 이 자전거 문화가 가장 마음에 들었다. 오지 않는 버스를 하염없이 기다리며 발을 구를 필요도 없고, 화석연료도 쓰지 않고, 운동도 될뿐더러, 꽉 막힌 교통체증을 약 올리듯 씽씽 통과하는 재미는 물론, 마음만 먹으면 언제 어디든 갈 수 있다는 자유까지.

케임브리지에서 탄 첫 자전거는 그리스 친구 니코스가 공짜로 얻어다준 노란색 고물 자전거였는데 자꾸만 바람이 빠지는 탓에 한참을 고생했다. 자전거 초보인 나는 뒷바퀴에 마가 낀 줄로만 알았다. 분통을 터뜨리며 안쪽 튜브를 네 번이나 연속으로 바꾼 다음에야 바깥 바퀴에 박힌 미세한 유리가 계속 튜브에 구멍을 내고 있다는 걸 알게 되었다. 아무튼 이 노란 자전거는 나름 탈 만하긴 했지만 지나치게 무겁고 커서 내게는 좀 맞지 않았다. 끙끙대며 한참 다니다가 문득 런던 친구 집 마당에서 뒹굴고 있던 자전거가 생각났다. 런던에서 공부하던 친구가 '빈티지 자전거' 검색으로 산 꽤 귀여운 자전거였는데, 귀국길에 다른 친구에게 물려주고 한국으로 돌아가면서 버려졌다. 뒷바퀴에 구멍이 난 채로 정원에서 비를 맞으며 방치된 지 1년이 넘어가는 중이었다. 한가한 주말을 노려 런던에 내려가 친구의 허락을 구해 자전거를 넘겨받고 근처 자전거 수리점에 데리고 갔다. 비와 세월에 삭은 앞바퀴와 뒷바퀴를 모두 갈고 브레이크 케이블까지 바꾸고 먼지를 닦아내니, 녹이 좀 슬긴 했어도 반짝이는 빨간 자태가 의기양양하다. 새 자전거를 얻은 기분으로 신나게 기차에 실어서 케임브리지로 데리고 왔다.

무엇보다 천대받던 녀석을 정원에서 구해준 사실이 뿌듯했다. 자전거의 브랜드 'Royal Enfield'를 검색하니 버밍엄 지역에서 한때 잘나가던 모터사이클 브랜드라고 나온다. 더불어 내 자전거 모델에 대한 정보도 찾을 수 있었다. 자전거를 디자인한 아저씨의 사진과 함께 이 시티바이크 모델이 1968년에 생산이 중단됐다는 사실도 알게 되었다. 마지막 해에 만들어졌다고 해도 나보다도 나이가 많단 말이야? 녀석이라 부를 게 아니라 어르신으로 대접해야겠는걸. 버밍엄 출신을 뜻하는 '브러미(Brummie)'라는 이름을 지어주고 2018년에는 50살 생일잔치를 치러주기로 마음을 먹었다.

브러미와 함께 케임브리지 여기저기를 잘도 돌아다녔다. 바퀴가 작고 몸체가 짧은 편이라 내 짧은 다리로 올라타기도 쉽고 코너링도 휙휙 자유롭다. 수리비가 적잖게 들어갔지만 그 나이치고 꽤 잘 달리는 편이다. 조잡한 싸구려 자전거보다 훨씬 가볍고, 페달을 밟아 불을 켜는 다이나모 전조등과 후미등도 여전히 잘 작동한다. 기특하게도! 다만 충격 흡수가 신통치 않아서 과속방지턱을 넘을 때는 살짝 일어나야 엉덩이가 무사하다. 앞 브레이크를 잡을 때 나는 특유의 삐이익 고음은 애교로 느껴진다. 브러미를 타고 신나게 달릴 때 귀를 스치는 바람은 그날 겪은 짜증스러운 일도 훌훌 털도록 도와주는 마법이 있다.

한번은 스리랑카에서 장기 프로젝트를 하느라 학교 자전거 주차장에 오랫동안 세워둔 브러미가 사라진 일이 있었다. 1년에 한 번씩 방치된 자전거를 치우는, 이른바 자전거 컬(cull)의 오해를 받아 희생양이 된 것이었다. 천만다행히도 우리 건물 자전거 주차장 관리자이자 워크숍 기술자 사이먼이 이 작고 오래된 자전거를 불쌍히 여겨 다른 자전거들을 처분할 때 같이 보내지 않고 작업실에 두었다는 사실이 밝혀져 극적으로 브러미를 구출할 수 있었다. 브러미의 행방을 알게 된 날, 사이먼의 동료가 내 책상에 "브러미가 살아 있어. 사이먼에게 가봐"라고 붙여두고 간 쪽지가 얼마나 반가웠는지 모른다. 이 쪽지는 아직도 내 컴퓨터에 기념으로 붙어 있다.

그렇게 여러 손길을 거치면서도 브러미는 나의 케임브리지 생활을 꿋꿋하게 함께해주었다. 남들과 다르다는 것에 아랑곳하지 않는 영국에서도 브러미는 눈길을 끄는 오래된 행색이었고, 여기에 자전거 헬멧 대신 쓰고 다닌 승마 모자 차림은 누가 보더라도 좀 눈에 띄는 모양새였을 것이다. 어쨌든 꽤 오랫동안 나의 상징 같은 브러미와 함께 다니는 시간이 즐거웠다.

그러던 어느 날 학교 가는 길에 늘 지나는 내리막에서 언제나처럼 페달에 올라서서 내려오다가 핸들이 휘청 순간적으로 꼬이면서 우당탕탕 넘어지는 사고가 났다. 가방이 다 날아가고 스타킹에 피떡이 지도록 무릎을 꽝 찍으면서 넘어져 꽤 아팠다. 아침 일찍인 데다 후미지고 조용한 곳이었는데, 마침 아침 조깅을 하며 지나던 여자가 고맙게도 다가와서 일으켜 세워주고 홱 돌아간 핸들을 돌려주었다. 자세히 살펴보니 브러미도 나처럼 부상을 입었다. 페달 크랭크가 휘어서 체인 가드에 닿는 통에 페달을 밟을 수가 없게 되고 뒷바퀴 덮개도 부서져서 손으로 끌고 가는 내내 요란한 소리가 계속 났다. 자전거 수리점에 가져가 휘어진 크랭크를 펴는 수술을 거쳐 겨우 다시 탈 수 있게 고쳤다. 그전에도 살짝 넘어진 일이 몇 번 있었지만, 이 사고 이후로는 어쩐지 트라우마가 좀 생겨버렸다. 워낙 지나치게 휙휙 돌아가는 핸들이 가끔 불안했는데 바로 이것 때문에 부지불식간에 꽈당 넘어져서 안 그래도 다친 적 있는 무릎을 제대로 바닥에 박아버렸으니 그럴 만도 했다. 내 무릎이 위험 깃발을 흔드는 것 같았다.

산하 씨와 상의해서 다음번 한국에 다녀올 때는 흥나니를 케임브리지로 데려오기로 했다. 잘 찾아보니 어떤 항공사는 짐 대신에 자전거를 추가요금 없이 실어준다니 불가능한 미션도 아니다 싶다. 고마우신 작은아버지께서 흥나니를 공항까지 실어주셨다. 나도 참 극성이긴 하지.

흥나니는 강릉에서 산 숙녀용 자전거이다. 산뜻한 민트색 몸체에 아이보리와 민트색 물방울 무늬 안장을 얹은 예쁜 녀석이다. 여기에 절친한 런던 친구 애니가 생일선물로 사준 등나무 바구니에 흰색 페인트 칠을 해서 달고 나니 완벽한 피스타치오 아이스크림 룩이 완성되었다.

흥나니는 강릉 중앙시장 입구에 있는 흥성자전거공업사에서 어느 성탄절 이브에 산하 씨에게 받았다. 옛날 스타일의 자전거 가게가 눈에 띄어서 들어갔다가 발견한 후 재차 가서 만져보고 타보던 나를 남편이 눈여겨본 모양이었다. 지역경제 활성화를 위함과 더불어, 자전거 수리에 조예가 깊은 상남자 스타일의 자전거포 아저씨가 무척 마음에 들어서 이분께 기쁨을 드리고자 그날 현금을 들고 찾아갔다. 인터넷 주문보다 몇만 원 더 비쌀 수도 있겠지만 지역 상인과 직접 소통하는 인간적인 기쁨을 생각하면 훨씬 값진 경험이다. 흥성자전거공업사를 기념하고자 자전거의 원래 이름인 '나니아'와 '흥성자전거'의 '흥'을 따서 '흥나니'라고 이름 붙여주었다. 흥나니를 생각하면 그날 사가지고 나와서 한번 타보라며 자전거를 뒤에서 잡아주고는 시장 골목에 서서 내 뒷모습을 흐뭇하게 바라보던 산하 씨의 기억이 진하게 남아 있다.

영국에 가져오니 친구들이 이렇게 멋진 자전거는 어디서 났느냐며 감탄한다. 응, 이거 한국에서 실어왔어. 멋지지? 사람들이 특히 감탄하는 건 뜻밖에도 삼각형 모양의 자전거 받침대였다. 어릴 적, 아저씨들이 타는 용달용 검정색 자전거 뒷바퀴에 달려 있는 삼각형 받침대가 흥나니 뒷바퀴에도 붙어 있다. 자전거를 한쪽으로 기대 세우는 한 줄 막대에 비해 훨씬 안정적으로 세우는 우수한 받침이다. 영국에는 없는지 보는 사람들마다 놀라워한다. 세상이 다 연결된 것 같아도 저마다 이렇게 다르다. 역시 서로 교류를 통해서 더 알아가야 하는 수밖에.

각각 케임브리지와 강릉에서 나의 사랑을 받던 브러미와 흥나니는 어쩌다 보니 경쟁 구도에 들어가게 되어버렸다. 조금 미안한 마음이 들긴 하지만 일단 예쁘고 안정적인 흥나니를 타게 되자 브러미가 차고 밖을 나오는 일은 차차 줄어들었다. 그래도 브러미와 흥나니를 모두 손본 경험이 있는 사이먼은 브러미 편을 들어준다.

"흥나니가 멋지긴 해도 브러미처럼 오래가지는 못할걸. 브러미는 진짜 공들여서 만든 장인 자전거야."

우리 흥나니도 그런 평을 들으면 좋으련만. 한국 브랜드이기는 해도 중국 공장에서 대량 생산한 녀석이라는 점을 인정하긴 해야겠지. 그래도 흥나니도 아껴가면서 오래 타줄 테다.

하루는 연구소장님 이안이 케임브리지로 이사오며 나에게 브러미는 어떻게 됐느냐고 묻는다. 아, 이분이 자전거가 필요한가 보다 싶어서 환영 선물이라며 브러미에 리본을 달아서 선물로 안겨드렸다. 그런데 나의 추측이 빗나갔다. 고맙게 받기는 했지만 빨간색의 작은 시티바이크는 나같이 작은 여자에게나 어울린다고 생각하셨는지 잘 타지를 않는 거다. 걷는 게 더 좋다나. 그 자전거가 원래 키 큰 신사용으로 디자인된 거라고 아무리 설명해도 마땅찮은 눈치다. 흠, 그렇다면 브러미가 괜히 이안네 창고 자리만 차지하게 된 셈이라 마음이 영 찜찜했다.

브러미를 어떻게 하나 고민을 하며 몇 개월이

지났다. 그날 아침은 바람이 너무 세게 불길래 내 부실한 무릎도 쉬게 할 겸 버스로 출근하려고 정류장에서 있었다. 여느 때와 같이 버스가 좀처럼 올 생각을 안 한다. 곧 도착한다고 전광판에 나타났다가 사라져 버리는 기행까지 저지르는 이 망할 버스! 혼자 투덜대고 있자니 옆에서 안절부절못하고 있는 내 또래의 작은 서양 여자와 눈이 마주쳤다.

"버스 너무 안 오지?"

"어, 되게 안 오네. 나 회의 가야 하는데 벌써 한 시간 늦었어. 여기 버스 원래 이래? 나 여기 처음이라 잘 몰라."

"좀 그래. 자전거 타는 게 나을걸."

마침 도착한 버스에 올라 대화를 이어나가던 중 퍼뜩 브러미 생각이 났다.

"아, 마침 너처럼 아담한 사람이 탈 만한 낡은 자전거가 있는데. 너 관심 있어?"

"정말이야?"

"응, 곧 50살 되어가는 빈티지 자전거인데 여전히 잘 나가. 버밍엄에서 만들어서 이름은 브러미야. 내가 타던 건데 이제는 잘 보살펴줄 새 주인을 찾고 있어."

눈이 동그래진다. 우리 학교 동물 연구소에서 나

비를 연구하러 브라질에서 지난주에 도착했다는 에리카와 바로 그날 저녁 브러미가 있는 이안네 정원에서 다시 만났다. 자기랑 무척 잘 맞는다며 신나서 브러미를 몰고 가는 에리카의 모습이 흐뭇하다. 20파운드라는 헐값에 브러미를 넘기면서 약속을 받아냈다.

"앞으로 잘 부탁해. 그리고 올해가 2018년이니 50살이거든. 내가 처음 이름 붙여준 5월쯤에 생일잔치 하려고 했거든. 이제 니 꺼긴 하지만 그래도 그때 같이 할래?"

"그래, 그러자!"

처음 런던 친구의 손에 들어오기 전까지 몇 명의 주인을 거쳤을지 알 수 없지만 적어도 여섯 명 이상의 주인을 맞이한 씩씩한 브러미. 튼튼하게 만들어준 장인의 솜씨와 기가 막힌 운 덕분에 몇 번이나 사라질 위기를 넘기고 오래오래 사랑받는 자전거로 여전히 활동하고 있다. 올해 50세를 맞이하는데 아직 은퇴는 남 얘기다. 영원하라, 브러미! 영원하라, 장인정신! 영원하라, 순환경제!

채러티 부인의 사랑

"공대 다니더니 너 스타일이 이상해졌어."

런던에서 함께 디자인 학교를 다닌 친구 애니는 내 차림새에 한숨을 쉰다. 몇 년째 듣는 이 타박에 애니를 만나러 갈 때는 나름 신경 써서 입는 편인데도 애니 눈에는 안 차나 보다. 처음 공대에 적을 두었을 때 적잖이 문화 충격을 받긴 했다. 매일 아침 자존심을 건 옷장 대결이 암묵적으로 펼쳐지는 디자인 학교에서는 일단 서로의 차림을 머리끝부터 발끝까지 훑으며 이른바 인간 스캔을 한다. 어, 저 가방이랑 저 바지색 조합 장난 아닌데! 오호라 꼼데가르송 새 시즌 템을 샀군. 으악, 저 머리는 비달 사순 학교에서 망친 건가? 반면 암만 옷을 바꿔 입고 나타나도 눈길 받기 어려운 공대 친구들의 반응을 보고 있자면 저 멀리 다른 세상에 온 듯했다. 런던에 살 때도 끝내주는 패셔니스타인 적은 한 번도 없었지만 하여튼 디자인 학교와는 대척점에 있는 공대 분위기가 나의 옷차림에 영향을 줄 수밖에 없다.

내 행색을 보자 하니, 세 명의 주인을 거친 카키색 외투에 스와핑 카페에서 자전거 수리 공구 세트랑 맞바꾼 자주색 코듀로이 바지, 시고모님께서 물려주신 아이보리색 스웨터를 걸치고, 애니가 물려준 모직 아이보리색 목도리와 연보라색 목도리 두 개를 이어

붙여 둘렀다. 궂은 날씨에 자전거 타고 다니기에 편한 차림이 선택 기준 1순위이기는 해도 나름 색이랑 소재랑 맞춘 건데, 그렇게 이상한가? 나의 이런 차림은 공대와 보수적인 케임브리지의 분위기, 자전거 통근 탓도 있지만 가장 큰 이유는 아무래도 나의 중고사랑이다. 고등학교 때도 동대문 방산시장에서 구제품 옷을 사다 입곤 했다. 3천 원에 건진 빨간 스웨터랑 거금 2만 원을 내고 산 가죽 코트를 입고 어른 흉내를 내던 기억이 난다. 그러다가 이제는 본격적으로 패션 산업의 지속가능한 비즈니스 모델을 다룬 연구를 하며 기형적인 패션 산업의 구조와 이렇게 해서 속수무책으로 가속화되는 의류 폐기물의 증가를 직접 목격하니 섬유 폐기물 문제와 무분별한 쇼핑에 더욱 빨간 불이 켜져 새 옷을 장만하는 일은 점점 더 요원해졌다.

영국에서만 한 해 버려지는 옷이 100만 2천 톤이고, 우리나라도 만만치 않아 서울에서만도 하루에 백 톤씩 쏟아져 나온다. 우리가 진행한 연구에 따르면 패스트패션 브랜드에서 쏟아내는 싸구려 옷들을 매주 사들이느라 빚까지 지는 시대적 풍조까지 등장했다. 아연실색이다.

패션 산업의 무차별한 마케팅과 유행 만들기에 휘둘리지 않고 옷장을 마련하기에는 중고 옷과 물품을 기부 받아 파는 영국의 수많은 자선단체의 채러티 숍(Charity shop)을 활용하는 것이 제격이다. 우리 돈으로 3, 4천 원 선에서 블라우스, 치마, 원피스 등 다양한 옷과 신발, 액세서리는 물론 책과 CD, 장난감과 부엌용품을 구할 수 있고, 동시에 쓰레기장으로 갈 뻔한 물건들에게 두 번째 기회를 주면서, 판매금은 각 자선사업에 쓰이니 일석삼조이다. 최근 채러티 숍 기부에 참여하는 인구가 늘어 유행 아이템도 곧잘 구할 수 있고, 런던 메이페어나 윔블던 힐 같은 고급 동네에는 채러티도 1급이라 명품 브랜드를 건질 수도 있다.

이런 자선사업은 1940년대 영국 옥스포드에서 시작된 옥스팜(Oxfam)이 빈곤 국가의 기근 문제를 돕고자 처음 시작했다. 자원봉사자들이 기부 받은 물품을 분류한 뒤 가격을 매겨서 저렴한 가격에 되판다. 영국에는 옥스팜을 비롯한 수백, 수천의 자선단체가 운영하는 채러티 숍이 엄청나게 많다. 특히 2009년 경제난 이후 중고 물건과 옷을 찾는 인구가 늘면서 채러티 숍이 눈에 띄게 많이 자리를 잡았다. 집 주소를 넣으면 부근에 어떤 채러티 숍이 있는지, 얼마나 가까이 있는지 찾아주는 채러티 파인더라는 웹사이트(www.charityretail.org.uk)까지 구축되어 있다. 특히 케임브리지에는 스무 곳도 넘는다. 영국이 처음인 사람은 갖가지 물건들이 전시된 이런 가게들의 정체를 알아차리기 어려울 수도 있는데 간판에 채러티 등록번호가 있다면 망설이지 말고 들어가 보시라. 단돈 1파운드에 한국에서 구하기 힘든 빈티지 귀걸이나 독특한 무늬의 실크 스커트 혹은 멋들어진 포도주 잔을 구하는 행운을 만날지 모르니.

저마다 각각 후원하는 목적이 다른 것도 특징이다. 제3세계 구호의 원조인 옥스팜부터 기독교 기반 구세군(Salvation Army)과 YWCA, 노인 복지를 위한 'Age UK', 암 연구에 특화된 'Cancer Research', 심장병 환자를 돕는 'British Heart Foundation', 노숙자의 자활을 후원하는 'Shelter', 동물복지단체 'RSPCA', 구호단체 'Red Cross', 장애인을 돕는 'Scope', 내 이름과 같아서 친근하게 느껴지는 불치병 후원단체 'Marie Curie Foundation' 등 국제적으로 유명한 단체부터 동네의 소규모 단체까지 헤아릴 수 없이 많다. 한편 가게들이 저마다 후원하는 단체의 특징을 어느 정도 닮아 있는 점도 재미있다. 예컨대 동물보호단체가 운영하는 곳은 귀여운 동물들을 모티브로 한 작은 소품들이 많고, 노인층을 위한 'Age UK'에는 아무래도 할머니 패션과 뜨개질 종류가 주를 이룬다. 노숙자를 돕는 가게의 자원봉사자는 활기를 되찾은 노숙자 출신의 아저씨들이 운영한다.

우리나라의 명동 격인 케임브리지 그라프톤 센터 근처 벌리 스트리트에 운집한 일고여덟 개의 채러티 숍 중 내가 즐겨 가는 'Mind'는 우울증 등 정신 질환 환자들을 돕는 곳이다. 이곳에서 특히 감각적이고 독특한 아이템을 구한 경험이 많다. 내가 추론하기로는 아무래도 창의적이고 예술적인 사람들이 우울증에도 곧잘 시달리는데 이들이 동병상련으로 기부한 게 아닐까 싶어, 나도 웬만하면 이곳에 기부하게 된다. 한국에도 옥스팜과 비슷한 '아름다운가게'가 있다. 집 정리를 하면서 자신은 안 쓰지만 누군가에는 유용할 물건들을 갖다주기에 제격이다. 아름다운가게는 옥스팜의 사업 형태에서 한발 더 나아가 기부 받은 물품 중에 안 팔리는 아이템을 재료로 소품과 가방 등을 만드는 에코 디자인 브랜드 '에코파티메아리'를 만들어냈다. 세계적으로 유래를 찾아보기 힘든 이 자랑스러운 브랜드를 위해 당시에 가르치던 디자인과 학생들과 같이 무척 즐겁게 디자인 프로젝트를 진행한 적이 있다. 당시 한 학생의 말이 기억에 남는다.

"저는 이런 거 좋은데요, 엄마가 남이 쓰던 거 쓰지 말래요. 귀신 붙었을 수도 있고 어떤 사람이 어떻게 쓰던 물건일지 알 수 없다고요. 그래서 속상해요."

물론 어머니 말씀도 이해는 되지만 내가 주로 기부하는 물건들을 생각해보면 귀신은커녕 별생각 없이 집 어딘가에 방치된 물건일 뿐이다. 이런 물건에게 새로운 기회를 준다고 생각하면 마음이 가벼울 테다. 혹은 누군가가 그토록 잘 쓰던 거라면(귀신이 붙을 정도로!) 그만큼 사랑받다가 버림받은 아이이니 더욱 애정을 주어야겠다고 생각할 수도 있다. 거부감을 측은함으로 바꿔 생각하면 어떨까.

런던과 케임브리지에서는 채러티 숍 외에도 중고 옷이나 물품을 살 기회가 많다. 가끔 열리는 스와핑 카페에서 물물교환을 할 수도 있고, 동네 교회에서 기금 모금을 위해 중고 장터가 열리면 길게 늘어선 줄에 합류할 수도 있다. 그래선지 둘러보면 가게에서 직접 산 옷들로만 차려입는 경우가 거의 없다. 덕분에 내 옷장도 65~70퍼센트는 늘 중고 옷 차지다. 어차피 이 나이쯤 되면 어정쩡한 내 체형에 어울릴 만한 스타일은 웬만큼 다 섭렵했고 유행을 따르는 편도 아니니 창의적으로 잘 맞춰주면 나름의 꾸밈새에 문제가 없다(고 믿는다).

이렇게 몇 년 전부터 나의 스타일은 마음에 드는 중고 옷을 다양하게 조합해서 오래도록 입고, 이따금 윤리적으로 논란이 없는 브랜드에서 새 옷을 한두 벌 장만해 기분을 내는 방향으로 자리 잡았다. 가끔 새로운 스타일을 둘러보기 위해 패스트패션 브랜드를 기웃거리기도 한다. 낡아서 옷의 형태가 무너지면 볼품없는 겨울 코트나 위생이 중요한 속옷, 스타킹, 양말 따위 등 중고 가게에서 구하기 어려운 품목을 보러 가기도 하고. 반대로 멀쩡한데 싫증나서 작별한 윗옷이나 원피스, 아기 옷과 장난감, 귀걸이나 목걸이 따위의 액세서리, 두 번 입기 어려운 파티 드레스는 채러티에서 노리기 적당한 아이템이다. 이렇게 찾으면 가격과 환경 모든 면에서 부담이 적으니 장난스러운 시도도 해볼 수 있다. 브리스톨에서 들른 가게에서는 경찰이 부러웠던 누군가가 직접 만든 가짜 경찰 제복을 구했고, 케임브리지에서는 자개 단추가 촘촘히 수놓인 펄킹(Pearl King) 스타일의 벨벳 재킷을 구해 학회 발표 때 입었다. 펄킹은 20세기 초반 동런던의 시장 거리에서 팔고 남은 재료를 활용해 시장 상인들이 직접 지어 입은 화려하기 이를 데 없는 스타일의 옷이다. 옷의 수명을 2년 연장할 때마다 옷의 환경영향이 20~30퍼센트 줄어드는데 백 년 전에 런던에서 유행하던 중고 옷을 입었으니 내가 기여한 환경영향 감소가 얼마나 되겠느냐며 너스레를 떨기에 딱 좋은 무대 의상이었다. 후에 밝혀진 바로는 진품은 아니고 누군가가 한번 만들어본 모조품이었지만 일단 익살스럽게 나의 메세지를 전하려던 목적은 성공한 셈이다.

이따금 직접 간단한 옷을 만들기도 한다. 한번은 내 생일에 맞춰 영국에 오는 산하 씨랑 데이트할 때 입을 치마를 만들기로 했다. 허리는 잘록하고 아래쪽이 크게 부푸는 스타일을 만들어보려고 동대문 종합시장에서 화려한 자카드 원단을 끊어다가 영국에 가져왔다. 길고 캄캄한 영국의 겨울밤을 보내기에는 바느질이 제격이지. 기세 좋게 재단해서 손바느질을 시작했는데 하다 보니 이대로는 여름까지도 완성하기 어려울 지경이었다. 페이스북 친구들에게 SOS를 쳤다. "근처에 재봉틀 있는 사람 손 들어보세요!" 같이 재봉틀을 돌리곤 하던 노르웨이 친구 엘리가 노르웨이로 오라며 답글을 남겼고, 얼마 안 있어 케임브리지에 사는 독일 친구 플로리안이 "나 있어. 시간

날 때 와"라고 알려왔다. 평소에 위트 있고 포용력 좋고 실력도 출중한 데다 훤칠하기까지 한 동료로 인기가 많은 플로리안이 재봉틀까지 다룬다니. 친구들은 "맞아, 요즘 알파남이라면 재봉틀 하나씩은 다들 갖고 있지" 하며 놀려댄다. 반쯤 꿰맨 치마와 바느질 상자, 답례용 디저트 한 상자를 자전거에 싣고 플로리안의 집에 찾아가 저녁에 들은 얘기는 더 놀랍다. 무척 아끼는 낡은 바지가 자꾸 솔기가 터져서 손으로 꿰매곤 했는데, 채러티 숍에서 우연히 중고 재봉틀을 발견해 헐값에 샀다는 거다. 이 남자 지나치게 완벽하군, 흠.

아무튼, 런던에서 패션 사업을 하는 애니의 눈에는 결국 내 차림이 성에 안 차더라도 나의 중고 사랑은 계속될 것이다. 딱따구리처럼 단벌 신사로도 늘 말쑥한 자태를 뽐낼 수 있다면 좋겠지만 그게 어렵다는 건 안다. 그래서 환경영향이 가능한 적은 방법으로 나름대로 옷 입는 즐거움을 누리고 싶다. 누군가 가끔 나의 옷차림에 대해 칭찬을 건넬 때—대부분 예의상이겠지만—이거 채러티에서 건진 거야, 라는 답에 휘둥그레진 눈을 볼 때의 쾌감이란. 누이 좋고 매부 좋고 도랑 치고 가재 살려주고 아닐까.

어버버와 비밀 정원

케임브리지 교외에서 열린 농업박람회에 갔다가 숲 관련 환경 단체인 '우드랜드 트러스트(Woodland Trust)' 부스에서 나무 묘목을 하나 얻었다. 웬만한 환경에서도 잘 자라는 강인한 자작나무종이다. 한두 해 화분에서 키우다가 땅에 옮겨 심을 요량으로 즐겁게 집에 데려왔다.

마침 숲과 관련한 지속가능 비즈니스 모델 디자인 연구를 하던 중이었다. 헤스터라는 젊은 여성이 스코틀랜드에서 야심차게 시작한 '클라우드 포레스트(Cloud Forest)'는 유럽에 늘어나는 임팩트 투자자들을 타깃으로 숲을 조성하는 스타트업인데, 내가 속한 연구센터와 함께 손잡고 숲 가꾸기 사업을 추진하고 있다. 임팩트 투자는 수익률 극대화가 지상 목표인 '돈 놓고 돈 먹기' 식 투자에서 벗어나 사회, 환경에 대한 긍정적 영향의 창출에 중점을 두는 사업을 지원하는 투자 개념으로, 우리는 이를 숲을 넓히는 멋진 목적에 연결 지었다. 영국은 전역에 푸른 나무와 풀밭이 많이 눈에 띄지만 현재 국토 대비 18퍼센트라는 숲 면적은 유럽 꼴찌 수준이라 숲을 넓히려는 정부와 민간의 노력이 활발하다. 케임브리지에서는 아기를 낳으면 아기와 함께 키우라고 새 묘목을 나누어주기도 한다.

우리가 연구를 함께 진행하는 이 사업의 남다른 지속가능성은 네 가지이다. 첫째, 크라우드 펀딩을 통해 개미투자자가 숲 가꾸기에 투자하는 플랫폼을 제공해서 숲 투자의 민주화를 이끈다. 대부분의 숲이 전통 깊은 귀족 가문이나 정부에 귀속되어 여간 부자가 아니고서는 숲을 소유하기 어려운 스코틀랜드와 영국의 현실이 이 사업의 시발이 되었다. 둘째, 수익성이 좋고 빨리 자라는 단일 품종 나무를 일렬로 심고 싹 밀어버리는 기존의 상업적 조림의 관행을 벗어나 목재로 수익을 창출하면서도 다양한 나무와 새, 풀과 버섯이 자라는 환경을 제공해 자연에 혜택을 주는 숲을 만든다. 셋째, 나무가 자라나는 수십 년의 세월 동안 투자자와 민간에 숲을 개방해 자연을 만끽할 기회를 제공한다. 넷째, 숲이 위치한 지역사회의 목소리를 숲의 디자인과 관리, 투자, 사용에 적극적으로 참여시켜 고장 토박이가 소외되지 않도록 보장하고 사회적 혜택을 제공한다.

이 원대하고도 매력적인 네 마리 토끼 전략을 성공시키기 위해서 고려할 점이 엄청나게 많고 복잡하다. 수익이 적절하게 배분되는 크라우드 펀딩 메커니즘 개발하기, 백 년 이상 숲에 투자할 장기 포트폴리오 만들기, 숲을 가꾸기 적당하면서 가격도 알맞은 땅 골라서 매입하기, 적합한 규모의 투자자 모집하기, 지역사회의 의견을 수렴해서 자연환경 디자인하기, 적합한 나무의 종류를 골라서 심고 가꾸기, 복잡한 지역 법규에 맞추기, 투자자와 지역사회가 방문하여 즐길 숲 시설 만들어 운영하기, 혹시 모를 투자위험을 분석하고 분산하기, 다양한 품종의 나무를 골라서 수확하는 기술력 개발하기 등 리스트는 끝이 없다. 하지만 우리 연구소의 지속가능 사업모델 혁신툴을 적용하니 짙은 어둠에 싸여 있던 사업의 윤곽이 하나하나 드러난다. 사업의 주요 이해 당사자를 선정하고, 이들을 모아 비즈니스의 가치 창출에 대한 아이디어 회의를 하고, 정교한 수익모델을 구축하고, 잠재적 고객의 기호와 성향에 대해 설문조사를 하고, 창업 박람회에 참가해 설문조사 결과를 재확인하는 등 강도 높은 프로세스를 거쳐 클라우드 포레스트가 추가적으로 제공하는 환경, 사회적 부가가치를 분석해냈다. 우리가 구축한 혁신적인 모델은 영국의 산림산업을 통째로 뒤흔들 잠재력이 있어 앞으로 귀추가 주목된다.

숲 프로젝트를 하면서도 정작 숲에 찾아갈 기회가 없어 아쉽던 차에 자작나무 묘목을 돌보며 숲과 나무를 동시에 보는 균형을 얻었다. 추상적 개념의 숲도 가꾸고 실제 나무도 가꾸게 된 셈이다. 묘목의 이름은 자작나무를 가리키는 영어 실버버치(silver birch)의 중간 글자를 따서 '어버버'라고 지었다. 자작나무가 말을 안 하는 건 사실이니까 어버버가 기분 나빠하지 않길 바라며. 일단 케임브리지 딱따구리 집 화분에 심고 자연 비료를 주었다. 그때가 6월이었는데, 비료 주는 시기가 좀 늦었는지 별 반응이 없다. 처음 달려 있던 잎사귀에 키도 그대로다. 살아 있니, 어버버? 살짝 당겨보면 제법 단단히 버틴다. 뿌리를 내리고 있겠거니 믿으며 조용히 첫해를 보냈다. 가을이 되니 그 쪼그만 녀석도 나름 낙엽수라고 잎사귀를 떨군다. 다음 해 봄이 오자 기특하게도 작고 반들반들한 잎사귀가 나기 시작했다. 야, 너 살아 있었구나! 한 줄기에 불과하던 녀석이 작은 곁가지도 대여섯 개 뻗기 시작했다. 작지만 의젓한 어버버, 횃팅이다.

화분에 심은 지 두 해가 지났다. 땅에 옮겨 심어 뿌리를 마음껏 뻗게 할 때가 되었다. 산하 씨는 화분에 심긴 나무들은 다들 뿌리가 얼마나 답답할까 안됐다며 어버버도 하루 빨리 옮겨주자고 성화이다. 성장이 활발한 여름이 지나고 추운 겨울이 오기 전 온화한

9월이 옮겨 심기에 적당하다. 내 집이 아니니 정원에 심기도 어렵고 어디에 심는담? 다행히 내가 일하는 웨스트 캠브리지 사이트에는 나무와 풀이 어우러진 풀밭과 들판이 넓게 펼쳐져 있다. 그렇지만 학교 건물 부근의 정원을 자세히 보면 묘목들마다 플라스틱 보호 케이스가 둘러져 있고, 누군가가 와서 풀을 깎고 나무를 자르며 손질하는 모습이 종종 보인다. 남의 땅에 마음대로 심었다가는 어느 틈에 뽑힐지 모르니 썩 안전하지 않다. 사람 손을 덜 타는 곳을 찾아 산책할 때마다 학교 주변을 어슬렁대다 적당한 장소를 찾아냈다. 내가 일하는 건물 뒤쪽으로 백여 미터 떨어진 벌판이다. 옆으로 수로가 지나니 목마르지 않을 테고, 꽤 넓은데 풀이 무성하다. 아무도 신경 안 쓰는 자유로운 곳처럼 보인다. 근처에 떡갈나무가 한 그루 있을 뿐 경쟁하는 나무도 없어 이 정도면 적당하다.

조용한 주말을 노려서 산하 씨와 함께 어버버를 데리고 비밀 장소로 찾아갔다. 땅을 파서 묻고 물을 주고 다독여주었다. 주변을 한 바퀴 돌면서 잘 있어, 또 올게, 작별인사를 했다. 어버버를 낯선 곳에 혼자 두고 돌아서려니, 마침 수로 옆에 심었겠다, 냇가에 내놓은 아이라는 게 이런 건가 싶은 기분이 든다.

일주일 후에 찾아가보았다. 비밀 장소 선정이

지나치게 탁월한 바람에 주변과 너무 잘 어우러져서 어버버를 찾기 어려울 지경이다. '수로 건너편 여덟 번째 난간과 수직인 곳'이라는 단서가 없었다면 더 오래 헤맸을 테다. 어버버는 가을을 타는지 적응이 어려운지 잎사귀가 마르고 붉게 변했다. 아픈 거 아니지? 괜찮지? 가지는 여전히 꽤 단단하지만 마음이 쓰인다. 정신 바짝 차리고 살아남기를 바라면서 돌아오다가 복도를 지나가는 이안에게 걱정을 털어놓았다. "규리야, 그 나무 엄연히 영국 출신인데 혹시 네가 한국말로 인사한 거 아니야? 영어로 사랑한다고 해줬어야지!" 한다. 그런가?

이후 점심 먹고 여유가 생기면 산책 겸 어버버에게 인사를 갔다. 학교 친구들에게 번갈아가며 "나랑 비밀 정원에 비밀 나무 보러 갈래?" 하고 초대하면 재미있다며 같이 어버버에게 찾아가 응원을 아끼지 않는다. 이제는 비밀 정원에서 어버버에게 가는 길이 좀 다져져서 공공연한 비밀이 되는 건 아닌지 모르겠다.

그해 겨울 한 달 넘게 자리를 비웠다가 돌아오자마자 바로 어버버부터 보러 갔는데, 그만 마음이 철렁하는 광경이 펼쳐졌다. 그동안 누군가 들판의 무성한 풀을 죄다 깎아놓은 것이다! 조마조마한 마음으로 어버버를 찾았다. 다행히 어버버는 무슨 일 있었냐는 듯 거기에 그대로 있었다. 풀 깎는 사람이 어버버를 여느 풀이 아니라 어엿한 나무로 인정을 해주어서인지 어버버의 자태가 왠지 더 늠름했다. 가지 꼭대기가 1센티미터쯤 꺾였지만 이 정도 부상쯤 강인한 어버버가 잘 버티겠지.

점심마다 나랑 학교 주변에 새 보러 가는 재미에 빠진 인도네시아 친구 알로이셔스에게 마치 엄청난 비밀인 양, 짐짓 삼엄한 주변 경계를 시켜가며 어버버에게 데리고 갔다.

"알로이셔스, 나 없는 동안 어버버를 잘 지켜봐줘. 알겠지? 봄이 오면 새순이 돋아나고 가지도 더 뻗을 거야. 엄청 귀여울걸!"

슬슬 봄이 오려고 한다. 아직 나무에 새순은 안 돋았지만 햇살이 따뜻해지고 있다. 그런데 영국에 때 아닌 이상 한파가 찾아와서 3월에 폭설이 두 차례나 내리고 하룻밤 사이에 기온이 영상과 영하로 오르락내리락이다. 우리나라가 이상기후로 영하 18도를 기록할 때 영국은 영상 10도를 넘기며 따뜻하더니 뒤늦게야 추위가 오나 보다. 아이고, 이미 봄꽃들이 피었는데 애들이 얼마나 헷갈릴까.

기후변화 때문에 나비와 개구리들이 당최 감을 못 잡고 엉뚱한 계절에 나왔다가 얼어 죽는 일이 다반사라는 소식이다. 새들도 봄이 온 줄 알고 알을 낳았다가 추위에 제대로 부화를 못 시키거나, 먹이가 부족해서 새끼들이 죽곤 한다. 이 때문에 최근 야생 곤충, 산새, 양서류 숫자가 크게 줄었다. 올해는 태국 프로젝트 때문에 영국에 띄엄띄엄 돌아가게 될 텐데, 어버버가 그동안 잘 살아남길 바랄 뿐이다. 내가 열심히 기후변화랑 싸우는 동안 헷갈리지 말고 새순 잘 틔워내길.

어버버의 고군분투는 앞으로 오랫동안 현재진행형일 것이다. 30년이 흐르고 40년이 흘러 나는 꼬부랑 할머니가 되고, 지금 이곳의 학생들과 교수들이 모두 사라진대도 어버버만은 이 비밀 정원에 씩씩하게 남아 있어야 할 테다. 날씨가 변덕을 부리고 주변 생물들이 픽픽 쓰러져도 어버버는 꿋꿋하게 잘 자라 곤충이 깃들고, 딱따구리가 둥지를 트고 친구 새들도 쉬어갈 전진기지가 되어줬으면 좋겠다. 다행히 자작나무는 구멍 내기 쉬운 부드러운 목질로 딱따구리가 좋아하는 집터이다. 게다가 비밀 정원은 나무가 너무 빽빽하지 않은 벌판이라 딱따구리가 좋아하는 탁 트인 시야를 확보했으니 딱따구리 둥지로 명당이 아닐 수 없다. 딱따구리 부부가 어버버를 찾아 비바람이 부는 방향을 잘 살펴 기둥에 구멍을 뚫고 알을 낳아 새끼를 기르리라는 상상에 벌써부터 내 마음이 벅차다.

프림로즈 정원의 친구들
: 좋은 놈, 나쁜 놈, 슬픈 놈

영국에서는 정원이 딸린 집을 종종 찾을 수 있다. 평범한 주택가에도 집 뒤편에 좁고 긴 정원을 갖춘 이층집들이 많다. 우리가 지내는 케임브리지 프림로즈 거리의 딱따구리 집도 이런 테라스트 하우스 가운데 하나이다. 밖에서 보기에는 비슷비슷한 모양의 좁다란 집들이 다닥다닥 붙어 있어 답답해 보이는데, 막상 집 안으로 들어가면 생각보다 꽤 깊고 아늑하고, 게다가 아담한 정원까지 딸려 있어 겉으로 요란 떨기 싫어하는 영국 사람들의 성정과 잘 맞는다.

케임브리지 딱따구리 집에도 예쁜 정원이 있다. 영국에서는 정원 있는 집이 큰 사치는 아닌 터라 처음부터 집을 찾을 때 작게라도 정원이 꼭 있기를 바랐다. 주인인 엘렉트라는 내가 처음 집을 보러 가서 정원에 대해 감탄하자 “나는 정원 가꾸는 건 잘 못해. 저 잔디 자란 것 좀 봐. 깎아줘야 하는데. 잡초도 엄청 자랐고, 엉망이네” 하고 푸념을 했다. 우리는 속으로 ‘잔디 안 깎아도 돼요. 우린 무성한 게 더 좋은데. 그래야 동물들이 와서 숨기 좋지요’ 하고 생각했다.

아무튼 정원 가꾸기에 별 취미가 없는 집주인 덕분에 우리는 대부분의 시간을 자유롭게 정원의 푸르름을 만끽하며 지냈다. 1층은 정원으로 난 커다란 창과 출입문이 있는 부엌이 거실까지 이어져 어디서나 탁 트인 푸른 정원이 눈에 들어왔다. 정원에는 프림로즈 거리답게 봄마다 달맞이꽃이 피고, 등나무와 모과나무, 꽃사과나무를 비롯해서, 붉은 장미, 노란 장미, 딸기, 제라늄, 다올리아, 양귀비, 이름 모를 보라색 꽃 등 다양한 식물들이 철을 바꿔가며 핀다. 칵테일 만들 때 요긴한 박하는 겨울에도 씩씩하고, 생일선물로 받은 수국이 여름에 흐드러지며, 강릉 연꽃마을에 갔다가 사온 연꽃 씨앗도 뿌리를 잘 내려 물이 담긴 커다란 화분에서 해마다 잎사귀를 틔워낸다. 지금은 비밀 정원으로 옮겨 심어주었지만 자작나무 어버버도 한동안 정원 식구로 잘 자라주었고, 요리할 때 뿌리를 잘라두었다가 심은 파도 한창 잘 자랐다. 나비와 벌들이 날아오는 싱그러운 프림로즈 정원은 영국을 떠나 있을 때 가장 그리운 광경이다. 눈을 감으면 언제나 눈앞에 선하다.

아침을 먹고서 으레 접시에 쌓이는 빵 부스러기는 늘 정원에 뿌려준다. 내 맘 같아서는 새들이 와서 찾아먹기 쉽게 벽돌 바닥에 모아서 뿌려주고 싶지만 산하 씨는 새들의 야생성을 해친다며 일부러 풀밭 안에 흩뿌려둔다. "그럼, 내 고객들은 여기서, 자기 고객들은 거기서 먹으라고 해" 하고 반반 나눠서 뿌려준다. 빵 부스러기 말고도 먹던 감자칩이나 땅콩도 뿌려주는데, 애들 건강에 좋지는 않겠지만 달콤해서 좋아할 오레오 과자의 하얀 크림을 발라서 뿌려주기도 한다. 먹다 남은 햄 부스러기 등 웬만큼 열량이 있는 음식 부스러기는 음식 쓰레기통으로 향하기 전에 동물들의 소중한 먹잇감이 된다. 오전 10시쯤 되면 블랙버드와 로빈, 박새 등 동네 새들이 모여든다. 미리 뿌려둔 빵 부스러기를 찾아 먹거나 겨울에는 꽃사과나무에 앉아서 열매를 쪼아 먹고 잔디밭에 앉아서 용케 벌레를 잡아먹기도 한다. 운이 좋으면 블랙버드가 땅속의 지렁이를 스파게티 먹듯 부리로 쭉 뽑아먹는 진귀한 장면도 볼 수 있다. 잡혀 먹는 지렁이에게는 절대절명의 순간이겠지만 블랙버드의 그 진지한 몸짓이 어찌나 귀여운지!

우리 집에 자주 오는 블랙버드 한 쌍이 있다. 수컷은 진한 검정 바탕에 눈 주변과 부리, 다리만 샛노란색이고 암컷은 전체가 고동색이다. 우리나라에서는 안 보이는 새인데 영국에서는 정원과 공원에 흔히 찾아오는 텃새로, 비틀즈의 노래에도 등장한다. 직박구리와 크기가 비슷하고 참새보다 두세 배 크다고 하면 될까. 꽁지깃을 위아래로 까딱거리면서 지저귀는 소리가 맑고 예쁘다. 서정적인 영국의 정원과 잘 어울리는 새라 영국 사람들이 좋아하는 새 중 하나이다. 창문 가까이 내려왔길래 가까이 다가서니 곁눈으로 힐끔 보고는 담장에 올라가 앉는다.

언젠가 영국 중부로 여행을 가서 묵은 B&B(아침식사가 나오는 간이 민박)에서 『100가지 민달팽이 정복 방법』이라는 책을 발견한 적이 있다. 우리 집 정원에도 민달팽이가 여럿 기어 다니는데 밤마다 나타나 여린 잎사귀를 다 먹어치우고는 바닥에 끈적이는 점액질로 지나간 흔적을 남기고 사라져 영 마음에 안 들던 차였다. 기껏 싹을 틔운 콩잎을 다 먹어치우고, 엘렉트라가 새로 심어놓은 꽃모종을 밤새 줄기만 남기고 싹 먹어치운 전적도 있다. 모든 생물을 공평하게 사랑하는 산하 씨는 나름 생명 활동을 하는 애들을 왜 미워하느냐며 나의 선택적 분노를 탐탁잖아했다. 그래도 나는 이 얄미운 녀석들을 퇴치할 수 있다는 사실에 신이 나서 여행 내내 틈나는 대로 책을 정독하고 집에 돌아왔다.

책에 농담처럼 소개된 여러 어이없는 방법들 가운데 그나마 가장 인도적인 방법은 자몽 껍질을 이용해서 꼬시는 거다. 자몽 껍질이라면 민달팽이들이 환장을 하기에 다 먹은 자몽 껍질을 이글루처럼 풀밭에 엎어두면 밤새 그 안에 여러 마리가 모이고 그걸 젓가락으로 집어다가 정원 퇴비통에 넣어두면 자기들끼리 그 안에서 영원히 행복하게 산다는 원리다. 당장 자몽 두 개를 사와서 저녁에 디저트로 까먹고 껍질을 설치해두었다. 이글루에 들어가기 쉽도록 친절하게 문구멍까지 오려주었다. 캬하하, 내일 아침이면 이 녀석들 다 끝장이야! 그런데 이게 웬일, 아침도 먹기 전에 정원에 나가 의기양양하게 껍질을 뒤집어보니 민달팽이는 코빼기도 안 보이고 문구멍 주위로 껍질을 갉아먹은 이빨 자국과 점액질 흔적만 남았다. 앗, 먹튀를 하다니! 산하 씨는 꼴 좋다며 뒤에서 웃음을 터뜨린다. 더욱 기가 막힌 건 자세히 보니 껍질 안에 무척 조그마한 아기 민달팽이가 붙어 있는 게 아닌가. 결국 나는 민달팽이 인구 팽창에 도움만 준 셈이다. 뒤통수를 제대로 맞았다. 이렇게 분할 수가!

인터넷을 뒤져보니 민달팽이는 심지어 자웅동체로 자가생식이 가능하단다. 내가 준 맛있는 먹이를 먹고 기분이 좋아서 그 자리에서 아기를 낳았나 보다. 산하 씨는 이 정원을 파보면 민달팽이가 최소 2억 마리는 살고 있을 것이며 그중에 가장 큰 왕민달팽이가 자몽 껍질을 모자처럼 쓰고 날 물끄러미 바라볼 거라며 모자 쓴 민달팽이 흉내를 낸다. 아, 열은 받지만 민달팽이의 승리를 인정하는 수밖에. 이렇게 나의 민달팽이 퇴치 작전은 수포로 돌아갔고 이 괘씸한 녀석들과 함께 지내는 정원 생활을 받아들였다. 내가 졌다, 이놈들아. 내 콩잎 다 먹어라, 쳇!

산하 씨의 탁월한 정리 실력과 깔끔함 덕분에 엘렉트라가 집 안의 여러 일을 산하 씨에게 의지했고, 산하 씨도 자신의 재능이 이렇게 빛나는 걸 기쁘게 여기니 둘은 환상의 조합이다. 하루는 같이 정원 손질을 하기로 했다. 봄이 왔으니 정원의 잔디를 깎고 잡초들을 다 제거하고 웃자란 나뭇가지를 잘라내자는 거다. 우리 눈에는 예쁘기만 한 파란 꽃을 피웠는데 왜 얘들은 잡초고 저 붉은 장미는 잡초가 아니라는 건지. 그런 건 누가 결정하는 건지 좀 아쉽긴 하다.

땀을 뻘뻘 흘려가며 풀을 죄다 뽑고 나뭇가지를 쳐내는 산하 씨 얼굴이 점점 굳어진다. 한국에서도 뎅강뎅강 흉측한 몰골로 가지치기 한 가로수를 보는 게 괴로워 죽겠는데 여기까지 와서 이 짓을 하다니 그게 너무 고통스러운가 보다. 나도 처음에는 이유를 몰라서 '어디 몸이 안 좋은가? 표정이 왜 저러지?' 했다. 옆에서 미안하고 불편해진다. 엘렉트라도 영문을 모르고 '내가 일을 시켜서 열 받았나?' 안절부절이다. 나중에 다 뽑고 우리 방에 올라와서 털어놓는다. "해야 하니까 하긴 했는데 그 풀들 다 뽑아서 죽이는 거랑 잘 자란 나뭇가지들 자르는 게 너무 마음이 안 좋더라고. 그래서 엘렉트라가 보는 거 알면서도 얼굴이 안 펴졌어" 하면서 의기소침해한다. 슬픔이 십분 이해가 된다. 언제쯤에야 우리가 생명을 중심으로 생각하게 될는지 갑갑한 마음이 된다. 인간은 왜 여기까지만 똑똑해서 우리가 모든 종 위에 있다고 생각하는 걸까? 우리는 얼마나 더 성장해야 알게 될까. 아니면 그냥 인간 종의 멸종을 기다리는 게 더 빠른 길일까?

우리도 언젠가 정원이 있는 집에 살 날이 오면 그때는 모든 풀과 나무들이 마음대로 자라서 멋진 정글을 만들도록 두자고 다독인다. 그러면 새들과 나비들이 찾아오고 벌레도 많이 올 거라고. 만약 고슴도치도 온다면 애들이 마음껏 드나들도록 울타리에 구멍을 잘 내주지며 산하 씨의 마음을 위로한다.

케임브리지 티타임 버딩 클럽

맛대가리 없는 샌드위치가 시작이었다. 웬만하면 도시락을 싸서 다니는 영국의 점심시간. 그날은 전날 슈퍼에서 떨이 상품으로 미리 사둔 샌드위치를 먹다가 마르고 퍽퍽해진 가장자리는 남겼다. 학교 공용 공간에 동료들과 같이 앉아서 남긴 빵 조각을 무심코 잘게 부수는데 앞에 앉은 알로이셔스가 묻는다.

"그걸로 뭐 하려고? 새 주려고?"

"응."

"진짜? 여기 새 있어?"

"어, 밖에 엄청 많아. 같이 보러 나갈래?"

자세히 보면 학교 주변에 꽤 다양한 산새와 물새가 있는데 알로이셔스는 몰랐나 보다. 그 자리에서 바로 나가니 건물 마당에 파놓은 작은 연못에서 쉬던 물닭 가족이 우리를 보고 도망가기 바쁘다.

"와, 저기 있다!"

좀 우습기도 하다. 저 물닭들이 언제부터 저기 있었는데 지금에야 보다니. 그래도 감탄하며 좋아하니 기쁘다. 이왕 나온 김에 조금 더 걸어서 꽤 커다란 호수까지 갔다. 거기에는 분명히 오리 떼들이 있을 것이다. 먹이를 주면 멀리서도 바쁘게 날아오는 애들이라 먹이를 주는 재미가 쏠쏠하다. 가져간 빵 조각이 얼마 되지 않아 먹이 주기는 금방 끝이 났지만 오리들도 우리도 즐거웠다.

알로이셔스는 이 놀이가 무척 즐거웠나 보다. 다음 날은 "나 새 주려고 이거 샀어!" 하면서 커다란 다이제스티브 비스킷 한 통을 꺼내든다. "그럼 오늘은 앞쪽 수의학 건물 앞에 가볼까? 거기 또 다른 새들이 있을걸. 점심시간 말고 조금 늦게 나가자. 시간대에 따라서 다른 새들이 올 수도 있거든." 사실 밖에 나가지 않아도 내 책상 옆 창문에서 산새들이 심심치 않게 보인다. 급기야 내 캐비닛을 뒤져서 『RSPB Guide to British Birds』라는 책을 꺼내주었다. "저기 봐봐! 가슴이 붉고 등이 갈색인 새 보이지? 210쪽 펴봐. 로빈이야.", "오, 저기 노란 가슴에 파란 등에 희고 검은 얼굴 무늬 보이지? 260쪽 봐봐. 블루팃이야. 정말 예쁘지?"

어제는 콜팃을 보고 오늘은 롱테일팃도 보았다. 매일매일 새로운 새들을 발견하는 재미가 무척 좋다. 오늘은 아예 과자에 구멍을 내서 줄에 매달아 나무에 걸어두었다. 창문가에서 조용히 보고 있을 때 새들이 와서 먹는 걸 본다면 정말 기쁠 거다. 지금은 로빈 한 마리가 과자는 본 척 만 척 무심하게 그 아래에 앉아서 먼 곳을 바라보고 있다. 과연 내일은 와서 먹을까. 오전 10~11시 사이나 오후 3~4시경에 많은 애들이 먹이 활동을 하니 점심시간 말고 3시쯤에 나가기로 했다. 그럼, 여기는 영국이니까 티타임 버딩 클럽이라고 하자, 하하.

알로이셔스는 세계 최고의 생물 다양성을 자랑하는 나라 인도네시아 출신의 젊은 공학도다. 박사과정을 다 마쳐도 스물네 살이 될까 말까 한 어린 친구인데 머리가 무척 좋다. 임페리얼 컬리지에서 학사, 석사를 마치고 우리 학교로 박사를 하러 왔다. 하얗고 순진한 얼굴로 손을 흔들며 웃는 모습이 귀여운 동생 같다. 이 정도로 공부를 잘하고 국제적으로 잘나가면 영악할 만도 한데 무척 순진해서 나랑 새 보러 다니는 취미에 금방 재미를 붙였다. 내가 산하 씨에게 주워들은 얘기들을 이 새는 뭐고 저 새는 뭐야 하면서 어쭙잖게 늘어놓는 게 재미있나 보다. 내가 정신없이 바빠 잊고 있으면 내 책상에 와서 같이 나가자며 오트 한 줌을 건네는 바람에 잠깐 바람을 쐬고 오기도 한다. 얼마 전에는 같이 간 나이지리아 식당의 메뉴에서 본따 우리 건물 연못에 사는 물닭 가족들에게 '에디카이콩'이라는 이름을 같이 붙여주었다. 자카르타에 살 때는 새를 본 적도 관심도 별로 없었다고 한다. 영국과는 비교도 못할 정도로 많은 새와 동물이 사는 나라에서 온 애가 여기에 와서 자연을 바라보는 취미를 시작한 게 재미있다. 이제 이렇게 새를 가까이하고 감탄하는 재미를 알았으니, 자기 나라에 돌아가서도 이 멋진 취미가 계속되기를 바랄 뿐이다.

고슴도치의 밤

일이 잘 안 풀려 화딱지가 난 어느 밤, 읽던 논문을 냅다 집어던지고 씩씩대며 밖으로 나갔다. 산책이라도 나가야 분이 풀릴 듯했다. 어둠이 내린 공원에 들어섰다. 보이는 이는 아무도 없고 노란색 가로등 불만 비치는 길을 따라 걷기 시작했다. 저 멀리 산책로 한복판에 조그마한 무언가가 시야에 들어온다. 혹시?

고슴도치가 풀밭에서 길을 건너 담장으로 향하다가 마침 나에게 들킨 거다. 둥그런 몸을 꼬물대며 짧은 다리를 부지런히 놀려 갈 길을 가는 데에 여념이 없다. 야생에서 처음 만나는 고슴도치가 신기하고 귀여워서 실례를 무릅쓰고 가까이 다가섰다. 나를 감지한 고슴도치가 멈춰 섰다. 주먹 두 개 정도만 한 녀석이 가시를 제법 쭈뼛 세우고 나를 위협하려 방어 태세를 갖춘다. 귀엽기도 하고 안쓰럽기도 하다. 오랜 세월에 걸쳐 나름 고안해낸 생존 방법일 텐데 이게 인간 세상에 얼마나 먹히려나.

누가 이기나 해보자는 듯이 나와 고슴도치가 서로 꼼짝하지 않고 얼음 대결을 펼친다. 좀 버텨볼까 하다 마음을 고쳐먹었다. '얘 지금 얼마나 무섭겠어, 보내주자.' 일부러 알아채라고 저벅저벅 소리를 내며 저만치 멀리 걸어갔다. 돌아보니 고슴도치도 이내 다시 가던 길을 재촉하기 시작한다. 장난기가 발동해 다시 고슴도치에게 다가갔다. 고슴도치는 이내 또다시 숨죽이며 멈춰 선다. 아, 미안, 이제 그만할게. 가던 길 가렴! 우연한 만남 덕분에 잔뜩 찌푸렸던 마음이 어느새 녹아버린, 고슴도치의 밤이다.

그날 밤 인간적인 고뇌를 사르르 녹여버린 고슴도치의 마법이 너무나 강렬해서 이후에도 몇 번씩 야생 고슴도치를 보기 위해 찾아나섰다. 하지만 고슴도치는 어둠이 제대로 깔려야 먹이 활동을 시작하는 야행성이라 웬만큼 밤이 깊지 않아서는 좀처럼 보기가 어려웠다. 그날 밤은 운이 무척 좋았던가 보다. 한국에서 돌아와 시차 때문에 눈을 뜬 새벽 4시, 동틀 무렵에 밖에 나갔다가 고슴도치를 본 적이 딱 한 번 더 있다. 가까이 다가가자 화단에 웅크린 채 꼼짝 않고 곁눈질로 나를 관찰하는 까만 눈동자를 보았다. 조그마한 분홍색 발도 귀엽다.

한국에 가면 대형마트 펫 코너에서도 고슴도치를 볼 수 있다. 하지만 걔들도 귀여운 건 매한가지이지만 작은 상자에 갇혀 있는 그 처지에 불쌍한 마음이 앞선다. 응당 있어야 할 자연스러운 환경에서 주체적으로 살아가는 야생동물과의 조우가 선사하는 경이로움은 찾아보기 힘들다.

산하 씨는 어느 밤 혼자 정원에 앉아 있다가 나무 담벼락이 우지끈하는 소리가 들려서 고개를 돌리니 고슴도치가 낮은 담장을 억지로 통과하는 뒷모습을 포착했다며 흥분된 목소리로 소식을 전해왔다. 한 번은 나의 상사 스티브, 이안과 업무 회의 중에 고슴도치가 얼마나 귀여운지에 대한 이야기가 나왔다. 스티브가 자기네 정원에 고슴도치가 많다고 으스대며 고슴도치들이 짝짓기를 할 때 꽤나 시끄럽다는 목격담을 보탠다. 도시에 사는 고슴도치들이 즐겨 찾는 공동묘지가 마침 근처에 있는 집이라 자주 오나 보다. 부럽다! 그럼 우리 회의 마치고 같이 가보자! 나만큼이나 장난꾸러기인 나의 상사 두 명과 한 손에는 고양이 먹이 캔, 한 손에는 자전거 라이트를 뽑아 들고 살금살금 두근두근 스티브네 정원에 들어섰다. 어디 있니? 여기 숨었니? 나와봐, 맛있는 먹이 줄게! 아무리 어두워도 저녁 8시는 아직 이른지 별 수확은 없었다. 대신 고슴도치를 같이 찾아나설 정도로 죽이 잘 맞는 상사들과 일하는 행운을 확인하고 돌아선 '고슴도치 없는 고슴도치의 밤'이었다.

고슴도치는 영국에 생존하는 얼마 안 되는 야생포유류 가운데 하나로 1950년대에는 3천만 마리에 이를 정도로 정원이나 공원에서 무척 흔하게 보이는 친근한 동물이었다. 지금도 영국 사람이 좋아하는 10대 동물에 들 정도다. 그런데 고슴도치에게는 갈수록 상황이 안 좋아지고 있다. 야생 녹지가 점점 줄어들면서 서식지가 파괴되고, 늘어나는 도로와 자동차 때문에 밤에 찻길을 건너다가 치여 죽는 일도 많아지고, 정원의 담장들도 지나치게 튼튼해서 아래로 기어서 다닐 통로가 줄어들고 있다. 게다가 너무 깨끗하게 낙엽들을 청소해서 숨을 곳이 없어져 힘들어한다. 그로 인해 최근 수가 심각하게 줄어 반세기 만에 30분의 1인 백만 마리 이하로 줄어들었다.

암만 고슴도치가 보고 싶어도 납작하게 깔린 형태로는 절대 아니건만, 짝을 찾기 위해 이동이 잦은 봄과 이른 여름 즈음에 차에 깔린 고슴도치 포를 케임브리지에서도 몇 번이나 발견했다. 고개를 돌리고 싶은 끔찍한 광경이다. 한번은 산하 씨와 산책길에 길가에서 입을 벌리고 죽어 있는 꽤 커다란 어미 고슴도치를 발견했다. 거의 온전한 형태를 유지한 걸 보니 과속하는 차에 치여 길가로 날아갔나 보다. 집에 가서 신발 상자와 삽을 가져다 옮겨 담아 공원 으슥한 곳에 묻어주니 울음이 터져나온다. 온전한 모습을 보니 더욱 마음이 아프다.

동물들은 태어나서 어미가 어느 정도 키워주고 나면 제법 어린 나이에 부모를 떠나 각자의 삶을 꾸린다. 매일 밤 최대 반경 1.5킬로미터까지 돌아다닌다는 통계가 있다. 먹이를 구하거나 혹은 짝을 찾기 위해 원래 살던 곳을 떠나 주변으로 퍼져나가야만 하는데 웬만한 녹지는 찻길로 쪼개져 있으니 영문을 모르는 동물들이 건너편 녹지로 가다가 치여 죽는 수가 많다. 영국은 특히 자동차 생활이 지나치게 보편화되어 있어 인도가 없는 시골길이 많다. 이런 길을 산책하다가 쌩쌩 달려오는 차들을 피할라치면 로드킬에 위협당하는 동물들의 마음을 이해하게 된다. 나도 이렇게 무서운데 너희는 정말 무섭겠구나.

스코틀랜드로 자동차 여행을 떠났을 때는 오고 가는 3박 4일 동안 로드킬 당한 동물을 무려 예순두 마리나 보았다. 길가에 죽은 동물들이 자꾸만 보여 세기 시작한 게 이렇게 충격적인 기록이 될 줄은 몰랐다. 여우, 고슴도치, 오소리, 꿩 등 종류도 다양하다. 인간이 계속 이런 방식으로 살아도 괜찮을지 회의감에 괴로웠던 기억이 생생하다.

광대 같은 얼굴을 한 퍼핀을 보러 웨일즈의 스코머 섬에 찾아간 적이 있다. 퍼핀은 영국 유명 출판사 펭귄북스의 어린이책 브랜드의 간판 모델이다. 평소에는 먼 바다에서 물고기를 잡아먹으며 살다가 봄철에 알을 낳을 때만 육지에 내려오는데, 그렇게 오는 착륙지가 영국에는 웨일즈와 스코틀랜드에 각각 하나씩 있다. 산하 씨와 내가 찾아간 스코머 섬은 사람이 살지 않는 무인도로 매년 약 만 쌍 정도의 퍼핀이 찾아온다. 스코머 섬은 퍼핀을 비롯해 이 섬에 사는 야생동물을 보호하는 비영리단체 '와일드라이프 트러스트(Wildlife Trust)'가 관리하는 정부 지정 보호구역으로, 하루에 백 명 정도만 배를 타고 섬에 들어갈 수 있다. 그나마 파도가 높으면 배를 띄울 수 없어, 찾아간 첫날은 허탕을 치고 셋째 날에 운 좋게 배를 탔다.

이 섬에서 퍼핀들이 살게 된 계기가 재미있다. 13세기에 한 가족이 섬에서 토끼 농장을 운영했다. 그러다가 세계 2차대전 이후 가족들이 토끼들을 비영리단체에 맡기고 섬을 떠났는데, 토끼들이 계속해서 굴을 파고 번식을 한 나머지 섬 전체가 토끼 굴로 뒤덮였다. 그리고 그 굴에 퍼핀들이 들어가 알을 낳았다. 물론 퍼핀들도 스스로 굴을 파지만 토끼가 없는 굴을 발견하면 들어가서 알을 낳는다. 섬 전체에는 보드랍게 깔린 이끼 층이 불룩불룩 솟아 있는데 그 아래에 토끼와 퍼핀, 레이저빌의 굴이 있어 손으로 살짝 누르면 속이 비어서 푹신푹신하다.

사람이 살지 않는 무인도는 퍼핀이 알을 낳아 새끼를 기르고, 머리가 검은 갈매기와 바다사자들도 같이 지내는 평화로운 곳이다. 비록 퍼핀을 보러 오기는 했지만 억지로 보려다가 예민한 산란기에 방해하면 안 되니 못 봐도 괜찮다고 마음을 먹고 섬을 돌았다. 거세게 불어오는 바닷바람이 너무너무 추워서 몇 번이나 둔덕에 숨어 바람을 피해야 했다. 동물들은 이럴 때 어떻게 버티는지 궁금하다. 비가 섞인 추운 바람에 지쳐서 그냥 배로 돌아갈까 하는 생각이 간절해질 무렵, 가까운 곳에서 퍼핀들을 발견했다. 굴로 들어가려고 주황색 발을 입구에 밀어넣는 귀여운 모습을 보아버린 거다. 꺄하! 저 조심스러운 발걸음 좀 봐.

바다에 나가 잡은 물고기를 여러 마리 입에 물고 부지런히 굴로 실어 나르는 게 새끼가 벌써 태어난 모양이다. 멋지게 하늘을 나는 갈매기와 달리 바닷속 다이빙에 능한 종류의 새라 퍼덕대며 나는 폼이 영 광대 같은 얼굴과 어울려 더 우습다. 나중에 알게 된 사실은 퍼핀의 이런 광대 같은 모습은 사실 짝짓기 철의 모습이고 평소에 바다에 나가 있을 때의 얼굴은 사뭇 다르다는 점이다. 일단 부화를 마치고 7월쯤 바다로 돌아가고 나면 우리가 4월에 본 새하얀 얼굴과 빨간색과 노란색이 멋진 부리가 시커먼 재를 뒤집어쓴 회색으로 변한다. 눈가에 선명한 빨간 아이섀도와 검정 아이라인도 지워진다. 귀엽고 익살맞고 뭔가 미안해하는 듯한 얼굴은 간데없고 영 사나운 얼굴이다. 봄마다 토끼네 집에 알을 낳으러 오기 전에 양해를 구하려고 꽃단장을 하나 보다. 실례합니다. 완벽하게 화장을 한 얼굴로 조용히 한 발 들이밀면서 말이지.

동물들은 이렇듯 한순간에 기분을 좋게 해주는 묘한 힘이 있다. 그렇지만 나라고 모든 동물들이 늘 달가운 건 아니다. 오래된 영국 집에는 늘 쥐가 있기 마련이래도 실제로 나타나면 호들갑을 떨고, 다른 사람은 멀쩡하게 두고 내 피만 빠는 모기들도 죽도록 밉다. 내 채소들을 탐내는 진딧물과 민달팽이는 사라지면 좋겠고, 산새들을 위해 뿌린 먹이를 먹는 눈치 없는 비둘기들도 썩 내키지 않는다. 다만 도시 환경에서 살아남은 얼마 안 되는 야생동물로서 우리의 음식 쓰레기를 처리해주는 고마운 존재에게 적어도 야유는 보내지 말자는 산하 씨의 주장을 받아들여 비둘기들을 점잖게 대해주고, 쥐들도 집에 들어오지 않는 이상 눈감아주는 정도다. 민달팽이는 고슴도치가 가끔 잡아먹으니 봐주고 진딧물도 사실은 예쁜 무당벌레의 먹이다.

언젠가 한 달째 쥐들이 음식들을 갉아먹으며 부엌을 점령해서 애를 먹은 적이 있었다. 내 푸념에 동료 매튜가 자기 집에도 쥐덫을 놓은 적이 있었다며 내 고충에 공감해주었다. 그런데 그 덫은 쥐를 다치게 하지는 않아서 덫째 통째로 들고 기차로 몇 정거장을 가 인가 없는 숲속에 쥐를 풀어주고 왔다는 것이다. 너무나 진지하게 그 덫을 추천하는 이 아름다운 인간 앞에서 차마 지금 내 집 부엌에는 끈끈이덫이 설치된 상황이라고 밝히기 어려웠다. 쥐한테도 이럴 수 있다는 걸, 매튜 덕분에 배웠다.

태국에서 머무는 숙소에 도마뱀이 나타난 적이 있다. 밖에서 마주칠 때는 귀여웠는데 막상 마음의 준비가 안 된 상태에서 한 공간에서 마주치니 소스라치게 놀라고 말았다. 부엌의 싱크대 위에서 잠자코 있던 녀석은 부엌 불을 켜자 재빨리 냉장고 뒤로 사라졌다. 휴, 이제 안 오겠지? 그런데 웬걸, 그날 밤 부엌에 들어설 때마다 다시 나와 있는 게 아닌가. 벽에 붙은 채로 혹은 싱크대 위에. 녀석과 세 번이나 눈을 마주쳤다. 그날 밤은 벽에 붙여둔 포스트잇을 보고도 깜짝 놀라고, 부엌문을 열 때마다 조마조마한 게, 혹시 내 침대에 올라오는 건 아닐까, 내 가방에 들어가는 게 아닐까 영 불안했다. 부엌에 도마뱀이 나타났다며 보낸 SOS 메일에 산하 씨는 저녁마다 집 안의 곤충을 잡아먹으러 나와 있는 거니 웬만하면 부엌에만 머무를 것이며, 도움을 주면 줬지 사람을 해치지는 않는다며 안심하란다. 그래서 집에 모기가 없나?

다음 날 밤, 부엌문을 열었을 때 비슷한 자리에 엎드려 앉아 꼼짝 않고 어딘가를 응시하는 녀석을 다시 발견했다. 앗! 또 너냐? 가만 있어봐, 어제랑 같은 위치에서 같은 방향을 바라보는 모습을 보니 뭔가 예사롭지 않다. 그러고 보니 애초에 베란다 문을 열어 둔 적도 없는데 또 나타난 걸 보면 이 녀석이 나보다 터줏대감일 수도 있겠는걸. 그러자 녀석의 존재를 인정할 마음이 조금 솟았다. 얘도 오늘은 내 존재를 인정했는지 부엌문이 열리자마자 후다닥 움직이지는 않는다. 눈을 마주쳐도 가만히 있는 게 제법 귀엽다. 사실 손가락만 한 작은 녀석인걸. 도마뱀을 좋아하는 산하 씨 막내 동생의 이름을 따서 자한이라고 이름도 붙여주었다.

어제는 자한이가 숨어든 냉장고 근처에 가기도 겁났는데 이제는 냉장고 문도 잘 열 만큼 발전했다.

내가 자한이랑 같이 지내기로 마음먹은 소식에 산하 씨가 축하인사를 건넨다. 생각해보면 그 조그만 게 어쩌다 그 부엌에 들어와서, 그 싱크대 위가 마음에 들어 그 자리를 터전으로 살아갈 결심을 했다는 게 장하고 대견하지 않느냐며 묻는다. 맞는 말이다. 산하 씨 덕분에 자한이가 함부로 내 침대로 기어올 일은 없고 내 과일 위를 밟고 다닐 일도 없다는 걸 알게 되어 마음이 누그러졌다. 알면 사랑한다는 최재천 선생님 말씀대로이다. 내 도마뱀 호들갑 소동을 들려주니 태국 학생들이 배를 잡고 웃는다. 태국 동료 케이가 부엌에서 찍은 사진을 보고는 도마뱀이 통통하지 않다며 집에 잡아먹을 벌레가 별로 없는 모양이라고 오히려 걱정이다.

몇몇 친구들은 동물의 행동은 예측할 수가 없어서 무섭다고들 한다. 그들의 행태를 이해하지 않고서는 비둘기가 언제라도 나에게 정면으로 날아들 것 같고, 바퀴벌레가 내 귓속으로 들어갈 것만 같다. 창밖의 까치가 왜 꼬리를 까딱까딱하는지, 바퀴벌레는 어딜 그렇게 열심히 가는지 알 수가 없다. 나도 그랬다. 도마뱀에 대해 몰랐을 때는 공연히 얘가 나를 해칠 것 같았다. 그런데 그게 아니란 걸 알고 나니 도마뱀에 대해 훨씬 마음이 너그러워졌다.

인간은 웬만한 동물보다 훨씬 덩치가 크다. 게다가 우리를 해칠 만한 대형 포유류는 야생에 거의 남아 있지도 않다. 따라서 누구에게나 덤빈다는 겁 없는 사마귀가 아니고서야 더 많이 겁먹은 쪽은 우리가 아니라 상대방일 가능성이 더 많다. 게다가 꼭 덩치 차이가 아니어도 다양한 기술과 방법을 동원해 인간이 동물들에게 가할 수 있는 해가 훨씬 크다는 점을 알면 동물을 무서워한다는 게 오히려 부끄럽다.

어린이들이 처음에는 모든 동물들에 대해 비슷하게 감정이입을 하다가 사회화 과정을 거치면서 약 일곱 살부터 차차 먹는 가축과 안 먹는 야생동물들을 구분하게 된다는 연구 결과가 있다. 이렇게 특정 동물에 대한 감수성이 무너지기 시작하면서 공감 능력은 더욱 무뎌진다. 결국 개, 고양이 외에 눈에 보이는 동물은 인간뿐이며 나머지 가축은 죽은 채로 정육 코너에서나 마주치는 광경에 익숙해지고, 이제는 가끔 야생동물이 나타나면 어색해지는 상황에 이른다.

고라니가 밭에 내려와 농작물을 망친다는 소식이 뉴스에 등장해서 고라니에 대한 혐오가 조성된다. 열심히 농사지은 농민 입장에서는 분통이 터질 노릇이지만 우리나라에서는 골칫거리인 고라니가 세계적으로는 멸종 위기라는 사실을 알면 좀 다르게 볼 수도 있지 않을까? 꽃사슴 밤비에 비해 다리가 좀 짧긴 하지만 아무렴 어떤가, 그래서 더 친근한 느낌이지 않은가? 멧돼지가 민가에 출몰해서 마구잡이로 사람들을 공격한다는 소식은 공포감을 자아내기 충분하지만 고라니나 멧돼지 모두 오죽하면 그랬을까? 워낙은 이들이 잘 살던 땅에 인간들이 정착해서 사냥하고 쫓아낸 게 아닌가. 위험한 지경에 이르면 총을 겨눠야 할 경우도 있겠지만 입장을 바꿔보면 우리가 염치없이 차지했으니 공포나 혐오보다는 측은함이 먼저 오는 게 이치에 맞다. 우리가 먹고살려면 어쩔 수 없다는 자포자기보다는 우리가 집에서 식당에서 낭비하는 음식물을 만드느라 사라진 땅 정도는 우리가 노력해서 돌려줄 수도 있다고 생각을 바꿔보면 어떨까? 서식지가 위협받고 먹이를 찾기도 어려운 척박한 환경에서도 꿋꿋하게 살아가는 야생동물들에게 박수를 보낼 일이다. 무서워하기 전에 어떤 습성을 가진 아이들인지 관심을 가져볼 일이다. 같이 잘 살아볼 방법을 열심히 찾아볼 일이다. 알고 보면 다들 한 귀여움 한다.

케임브리지의 하이에나들

전 세계적으로 생산되는 음식물의 3분의 1 이상이 버려진다. 많게는 50퍼센트라는 통계 결과도 있다. 먹거리가 풍족한 선진국뿐 아니라 개발도상국도 마찬가지라니 의외다. 잘사는 나라의 음식 쓰레기는 보통 세 가지이다. 하나는 농사지은 과일이나 채소의 모양과 크기가 판매 기준에 못 미쳐 생산 과정에서 버려진 것. 둘째, 슈퍼 입성에 성공했지만 유통기한이 넘어가 멀쩡한 상태로 버려진 것. 마지막으로 가정과 식당의 조리 과정과 식사 후에 버려진 것. 이 외에 개발도상국에서는 농장에서 생산한 식재료를 실어 나를 도로망이나 냉장 시스템이 제대로 갖춰지지 못해 운반 과정에서 썩는 경우가 많다.

아직도 지구상의 어떤 곳에서는 식량이 부족해서 굶는 인구가 많은데 다른 한쪽에서는 매일같이 무더기로 버려지고 있으니 안타까운 일이다. 버려지는 음식이 아깝기도 하거니와 쓰레기 매립지의 포화, 음식이 썩으면서 나는 악취 등 음식 쓰레기가 일으키는 문제들 또한 한둘이 아니다. 식량난을 해소하려면 식량 생산의 효율성을 극적으로 높이는 유전자 조작이 정답이라는 주장도 있으나, 사실 현재 전 지구적으로 생산되는 음식의 양은 이미 모든 인구를 먹여 살리기에 충분하다. 진짜 문제는 음식물의 비효율적 유통과 음식을 대하는 사람들의 태도, 그리고 육식 위주의 식단에 있다.

유럽에서는 최근 음식 쓰레기 문제에 관심이 높아지면서 다양한 운동이 일어나고 있다. 프랑스의 대형 슈퍼마켓 체인 가운데 하나인 '앵테르마르셰(Intermarché)'에서는 통상적인 미적 기준에 못 미치는 울퉁불퉁한 토마토나 납작한 사과, 쌍둥이 가지 등을 30퍼센트 낮은 가격에 판매하는 매대를 적극적으로 마련했다. 그러고 보니 어릴 때 시장에서 보던 채소들의 모양은 지금보다 훨씬 제각각이었던 기억이 난다. 아무렴 다 다르게 생긴 건 지극히 자연스러운데 식품 제조와 유통을 수월하게 하려 비슷한 모양의 과일과 채소들이 강요되고 있다. 다행히 이 사랑스러운 못난이들은 프랑스 소비자들의 호응을 얻어 슈퍼에서 가장 빨리 매진되는 베스트셀러 섹션으로 등극했고, 최근 이런 매대는 영국 슈퍼에도 도입되었다.

영국의 슈퍼와 요리사들도 저마다 식재료 낭비 없이 장 보는 법과 남은 재료로 요리하는 법을 소상히 안내한다. 영국 요리가 형편없다고 입을 모으긴 하지만 나름대로 여러 가지 새로운 요리법을 연구해서 내놓은 각 슈퍼의 뉴스레터는 볼 만하고, 적극적으로 음식 낭비를 줄이기 위한 방책을 내놓는 모습이 멋지다. 버밍엄의 '정크 푸드 프로젝트(Junk Food Project)'라는 스타트업은 슈퍼에서 못 팔고 버리는, 유통기한이 임박한 음식들을 모아다가 집집마다 배달하는 서비스를 시작했다. 몸에 안 좋은 패스트푸드라는 뜻에서 붙은 'junk'라는 단어를 그야말로 쓰레기라는 직접적인 의미로 갖다 붙인 이름이 재미있다. 음식이 가장 잘 상하는 최고의 온도와 습도를 기준으로 일률적으로 마련된 엄격한 유통기한 때문에 멀쩡한 음식이 버려지는 경우가 허다하기에 이중에 아직 싱싱하고 멀쩡한 음식들을 회비를 낸 회원의 집과 직장에 배달한다. 음식들은 버려지지 않아서 좋고, 슈퍼는 쓰레기 처리 비용을 아껴서 좋고, 회사는 물류비와 인건비 외에는 비용이 안 드는 사업이라 좋고, 소비자는 싼 가격에 음식을 배달받으니 모두에게 이익이다.

'케임브리지 푸드 사이클(Cambridge Food Cycle)'이라는 곳은 지역 슈퍼, 식품 회사와 마켓에서 버려진 식재료를 가지고 매주 토요일 음식을 만들어 지역 주민 누구에게나 대접하는 요리 공동체이다. 2010년부터 지역사회에 도움을 주고 음식 문제도 해결하고 싶은 자원봉사자들이 모여 공동으로 요리를 하고 상을 차린다. 요리하기 힘든 노인들도 모이고, 혼자 밥 먹기 싫은 1인 가구, 노숙자 누구나 차별 없이 모여 맛있는 한 끼를 나눠 먹는다. 렌틸콩 수프를 맛있게 떠먹고 당근 케이크를 즐기는 모습에서 구질구질하게 쓰레기를 먹는다는 편견이나 처절함은 찾아볼 수 없다.

내가 속한 케임브리지 대학의 제조공학원(IfM, Institute for Manufacturing) 건물은 약 2백 명의 학생과 교수, 연구원들이 이용하는 곳이다. 일주일에도 몇 번씩 외부 인사들을 초청한 워크숍이나 강연 등의 행사가 열리는데 점심식사가 동반되는 경우도 많다. 모두가 모이는 널따란 공용 공간에 손님들을 위해 종종 차려지는 점심식사는 배고픈 인간 하이에나들이 눈독을 들이는 작은 축제 시간이 된다. 한바탕 손님들이 몰렸다 물러나고 건물 관리 직원 리카르도가 'Free Lunch'라는 푯말을 올리기가 무섭게 남겨진 샌드위치 쟁반 주변으로 모여들어 두 번째 점심을 즐기는 것이다.

대체로 새로울 것 없는 샌드위치 일색이긴 하지만 늘 배가 고픈 우리는 동료들에게 공짜 점심 소식을 알리고 남겨진 샌드위치를 하나둘씩 집어 든다. 지나던 학생, 교수, 직원 누구나 스스럼없고, 공짜 점심에 때로 춤을 추는 광경도 벌어진다. 온 지 얼마 안 된 신참들은 먹어도 되는지 망설이며 쭈뼛대기도 하는데 "빨리 와! 너도 우리 건물의 음식 쓰레기 문제 해결에 동참해야지." 능청을 섞어 손짓하면 못 이기는 척 다가온다. "야, 이 업체 맛은 몰라도 아무튼 메뉴 일관성 하나는 끝내준다. 그나저나 세상에 공짜 점심은 없다더니 여기 있네." 글쎄 그럴까? 지금은 공짜로 먹을지언정 우리가 알지 못하는 지구상 어딘가에서는 엄청난 대가를 치르고 있다.

밀과 소, 돼지를 키우기 위해 사라진 숲, 거기 살던 딱따구리와 족제비, 바다에서 참치를 잡는 그물에 걸린 돌고래, 빵 공장에서 사용하는 에너지와 거기서 나오는 온실가스, 버터를 만드는 우유를 제공하는 소가 뀌어댄 방귀, 온실에서 키운 토마토와 상추를 운반하며 뿜어져 나온 먼지에, 샌드위치가 담긴 일회용 쟁반을 만든 종이까지, 우리가 먹는 샌드위치 하나에 이미 들어간 비용과 누군가 치르게 될 대가를 따져보면 어질어질할 정도이다. 다만 누군가가 열심히 키운 재료로 만든 귀한 음식이 쓰레기장으로 가지 않도록 막아, 그나마 인간의 식량 활동에서 말미암은 다양한 환경영향 가운데 하나를 줄이는 데에 일조할

뿐이다.

영국 가정에서 가장 많이 나오는 음식 쓰레기는 영국인들이 주식으로 먹는 식빵, 우유, 감자다. 부족할까 봐 넉넉히 사두었다가 유통기한이 지나면, 쓰레기통으로 버려지는 신세가 된다. 유통기한이 워낙 짧은 고기도 잘 버려진다. 그런데 폐기되기 전에 마지막 기회가 주어지는데, 바로 슈퍼마다 구석에 마련된 할인 코너다. 주로 저녁식사 시간과 슈퍼가 문 닫을 시간 사이에 그날에 팔리지 못한 신선식품들이 할인된 가격으로 쏟아져 나온다. 최고 인기 품목이 아닌 이상 웬만한 신선 식품은 노려볼 만하고 폐장 시간이 다가올수록 할인 폭이 점점 커진다.

이번에는 서로 먼저 고르라고 양보하는 점잖은 하이에나들이 하나둘 모여든다. 이렇게 싼 값에 할인된 식재료를 사면 돈도 아끼려니와 음식 쓰레기 문제 해결에도 일조하는 셈이니 할인 코너를 뒤지는 게 딱히 부끄러울 것도 없다. 게다가 영국의 유통기한은 'Best Before'라고 표현하는데, 그렇다면 이날이 지나도 'Better Still'로 내려갈 뿐 아닌가.

산하 씨와 나도 저녁을 먹고 산책을 나갔다가 들러서 복권 당첨을 즐긴다. 운이 좋으면 고급 냉장 피자도 사고, 다음 날 도시락으로 싸갈 구메 샌드위치나 샐러드를 구할 수도 있다. 단연 빵 코너의 각종 식빵과 롤은 거의 언제나 제 가격에 사지 않아도 될 정도로 넘쳐난다. 내일까지 먹어야 하는 코울슬로, 약간 흠이 난 브로콜리, 양송이버섯, 끄트머리가 말라가는 자른 당근은 할인 코너의 주요 등장인물이다. 손질해서 요리하면 전혀 문제가 없다. 이렇게 헐값에 나와 있는 식재료들은 평소라면 낯설거나 비싸서 시도하지 않을 요리를 실험할 기회를 제공하기도 한다. 크리스마스 때 많이 먹는 아기 양배추는 어떻게 먹지? 마늘이랑 볶아볼까? 파스닙은 오븐에 구우면 되나? 싱가포르식 국수? 새로 나왔는데 한번 먹어볼까?

이렇게 구한 식재료와 한국 슈퍼에서 공수한 재료로 종종 친구들을 불러 한국 음식을 대접하기도 한다. 시금치나물, 김치, 숙주나물, 두부조림, 잡채, 버섯볶음, 땅콩조림, 부침개, 오이무침 등이 우리 부부의 주요 메뉴인데, 한국식 양념만 있으면 영국 슈퍼에서 구하기 쉬운 재료로 한국 음식을 처음 접하는 이들에게도 어렵지 않게 시도해볼 만한 음식이 된다. 영국에서도 한국 음식에 대한 관심이 점점 높아지고 있는 터라 케임브리지 딱따구리 집에서 열리는 한국 음식 파티는 퍽 인기가 많다. 요리에 관심이 많은 미국과 영국, 브라질 친구들을 불러다놓고 시연한 김치 만들기 수업은 김치부침개 저녁으로 이어졌다. 현미밥을 각자 밥그릇에 퍼주고 여러 가지 반찬들을 상에 내면 우리로서는 별것 아닌 한식 백반에 감탄 연발이다. 게다가 한식은 케임브리지에서 특히 흔하고 점점 더 많아지고 있는 채식주의자 친구들을 대접하기도 무척 쉽다. 풍성한 상차림을 즐긴 후 으레 우리나라 음식 자랑이 이어진다.

"이건 뭘로 만든 거야? 엄청 맛있어!"

"고마워. 아, 그거 시금치나물이야. 시금치를 끓는 물에 살짝 넣었다가 마늘 다진 거랑 소금, 간장 살짝, 참기름 넣어서 손으로 마사지하면 돼. 근데 그거 알아? 지금 우리가 먹은 거 육류 하나도 없었어."

"어, 정말이네. 몰랐어. 지금 우리 채식한 거야?"

"이게 한국 음식의 묘미야. 지금이야 한국도 삼겹살이랑 치킨이 엄청 인기이긴 하지만 원래 우리나라 음식은 이렇게 채소를 다양하게 요리하는 게 특징이야. 고기가 들어간다고 해도 멸치로 국물을 내거나 잡채의 고기채처럼 조금씩 맛을 내는 보조 역할이거든. 유제품은 우리 전통 음식에는 안 들어가. 그러니까 고기랑 계란만 없으면 완전 채식도 무척 쉬워. 엄청나지?"

요즘 영국에는 채식 열풍이 거세다. 힙한 젊은 이들을 중심으로 완전 채식주의자를 뜻하는 'Vegan'과 1월을 뜻하는 'January'를 합친 'Veganuary'라는 이름의 채식주의 신년 계획이 크게 유행했다. 작년에 이어 올해도 유행인데 2월, 3월이 되어서도 계속한다는 증언들이 쏟아지고 있다. 올해 초 런던 소호에서 방문한 채식 식당은 인도풍 옷을 차려입은 히피 몇몇이 앉아 있겠거니 하는 추측이 무색하게 어찌나 멋진 젊은이들이 바글바글하던지 떠들썩한 소음에 대화가 어려울 지경이었다. 한 시간을 기다려도 순서가 오지 않아 결국 근처의 다른 채식 식당으로 발길을 돌려야 했다.

처음 케임브리지에 왔을 때 지속가능성 연구를 하는 동료들 사이에 채식주의자가 흔한 게 인상적이었다. 자신이 추구하는 인생의 방향을 일과 생활 모두에서 일치시키는 점에 깊은 감명을 받았다. 애석하게도 우리 부부는 채식의 환경적 우수성을 지지하기는 해도 철저한 채식주의자가 되지는 못한다. 육류는 물론 유제품과 계란도 안 먹는 완전 채식은 더더욱 아니다. 평소에 고기를 즐기는 편은 아니지만 모든 식사에서 늘 육류를 적극적으로 배제하는 건 어려우니 이따금 융통성을 발휘하고, 되도록 동물 복지가 확인된 출처의 고기를 소비하는 정도에서 타협하여 스스로에게 자유를 허용했다. 거의 매 끼니 고기를 먹는 서양에서 고안한 개념인 유동주의자(flexiterian)*라고 부르면 적당하겠다.

채식주의자 친구들에 의하면 한번 안 먹기 시작하면 점점 더 고기를 먹고 싶은 마음이 사라진다던데 우리는 그렇지는 않은가 보다. 산하 씨 동생 한민 씨의 권유로 2주일간 완전 채식에 도전한 적이 있었다. 한민 씨가 해양생물보호를 위해 바다에 나가 불법어선들과 싸우는 비정부단체 '시셰퍼드(Sea Shepherd)'의 일원으로 멕시코로 건너가 배를 타면서 우리에게 부탁한 게 계기였다. 한민 씨를 응원하며 시작하고 보니 예상대로 집에서 한식을 먹을 때는 크게 어려움이 없었다. 코코넛유로 만든 치즈나, 미생물을 배양해 만든 소시지 등 대체 식품을 구하기도 쉬웠다. 문제는 어쩌다 밖에서 먹어야 하는 경우다. 영국은 채식주의자에 대한 배려가 어느 식당이나 잘되어 있어서 꽤 다양한 채식 혹은 완전 채식 메

* 때로 고기를 먹되 채식 위주로 식사를 하고자 하는 'flexible vegetarian'이라는 뜻.

뉴가 적어도 서너 가지 이상 마련되어 있다. 그럼에도 불구하고, 다양한 본 메뉴에는 눈도 못 돌리고 메뉴판 끄트머리에서 손을 흔드는 채식 메뉴밖에는 선택권이 없다는 데 대한 심리적 저항감이 꽤 컸다. 완전 채식 도전 일주일째 주말에 마음의 대비 없이 주말 장터에 나섰다가 치즈 상인의 화려한 좌판과 지글지글 고기 굽는 냄새에 괜히 심술이 터져서 투덜대다가 집에 돌아왔다. 워낙 고기와 유제품이 기본인 서양식 식단에서 고기 비스무리한 무언가, 치즈 느낌이 나는 다른 것으로 대체해서 나의 배를 속이는 '가짜' 음식은 영 만족스럽지가 않았다. 내 눈은 분명히 치즈를 먹었는데 몸은 진짜 치즈를 먹었을 때 배 속에서 일어나는 단백질과 칼슘, 지방의 화학반응이 아닌 다른 현상이 일어나니 내 몸이 "아니, 방금 먹은 그거 말이야. 그거 치즈 맞아? 아닌 거 같은데. 좀 이상해"라면서 진짜 치즈를 내놓으라고 요구하는 듯하다. 이런 면에서 억지로 고기를 참는 게 아니라 밥과 나물, 해조류 등으로 자연스럽게 채식을 할 수 있는 데다가 영양과 맛도 우수한 우리나라 요리법을 개발한 조상님들께 무한 감사하다.

육류 식단에 얽힌 문제는 크게 동물권과 환경

오염이다. 일단 윤리적인 문제가 결부된, 다른 생명을 죽이는 일은 차치하고, 교통과 제조업 다음으로 가축을 키울 때 가장 많은 온실가스가 나온다. 특히 되새김질을 하는 소와 양이 내뿜는 방귀에 포함된 메탄가스가 세계 공기 오염 요인 2위로 매해 심각해지는 기후변화에 크게 일조한다니 황당한 일이다. 이뿐 아니라 소를 비롯해 돼지, 양, 닭 등의 가축을 먹이기 위한 어마어마한 양의 사료, 소를 방목하느라 사라지는 숲, 양이 뿌리까지 먹어치워 황폐화되는 녹지, 그대로 음식 재료가 될 수 있었지만 목축에 할애된 식물성 재료의 소비 또한 육식의 이면이다. 단순히 말해, 우리가 먹는 육류의 소비를 줄이면 가축을 키워 먹이는 데 들어가는 에너지와 식량 자원을 그것이 부족한 사람들에게 돌려줄 수 있다. 개인이 대처하기에는 너무나 거대해서 시도조차 어렵게 느껴지는 기후변화 문제의 해결 방안이 사실은 이렇게 가까이 있다.

비행기에서 이 글을 쓰자니 기내식이 눈에 들어온다. 기내식처럼 직접 메뉴를 고르는 게 아니라 자동으로 제공되는 메뉴라면 굳이 쇠고기 요리일 필요 없이 다른 메뉴로 대체되어도 문제가 없을 거다. 비교적 환경영향이 적은 닭고기나 혹은 감칠맛 나게 요리한 채식 식단에 항의하는 사람이 얼마나 될까 싶다. 우리 연구센터에서 치르는 행사에서는 늘 채식 음식을 제공하는 우리만의 작은 전통이 있다. 저마다 직접 고르는 자유가 주어질 때는 막을 수 없지만 단체로 먹는 식사에서라도 한 끼씩 고기 소비를 줄인다면 확실히 영향력이 있을 테다. 이런 취지를 설명하면 누구나 고개를 끄덕이며 기분 좋게 채식 점심을 즐기곤 한다.

다만 환경영향과 동물 해방, 건강 등 채식을 해야 할 이유가 많더라도 억지로 권하는 채식은 거부감을 불러일으키기가 쉽다. 먹는다는 행위는 너무나 근본적이라서 직접적으로 채식을 권하지 않아도, 채식에 대해 언급하는 것만으로도 불편해하는 이를 여럿 보았다. 고기를 먹는 자신에 대해 암묵적으로 도덕적 잣대가 들이밀어지는 듯 여겨지기 때문일 테다. 도리어 닭고기는 괜찮으니 한 점만 먹어보라고 괜히 권하거나, 식물은 안 불쌍하냐고 되물으며 정당화하려는 의지가 충돌하기도 해서 조심스럽다. 일단 나부터도 지속가능성을 연구한다고 해서 소고기 한 번 먹었다고 죄책감을 갖고 싶지는 않다. 식사에 고기를 활용하되 곁들이는 정도로 하고, 삼겹살 구이처럼 고기 위주의 식사는 이따금 별식으로 하자고 제안하는 편이 더 많은 이들을 아우르는 방법이 될 것이다. 일 년에 한두 번 잔칫날이 되어야 기분 내며 설렁탕이나 불고기를 차려 먹던 우리 조상들처럼 말이다.

런던 소호의 채식 식당에는 김치에 밥을 곁들인 퓨전 메뉴가 있었다. 유럽에서 세련된 유행으로 자리 잡기 시작한 한국 음식 바람에 유럽의 채식 바람이 어우러져 우리나라에도 훨훨 불어오길 기대해본다. 밥 한 톨, 국물 한 숟가락 남기지 않고 산나물 비빔밥과 콩국수를 세련되게 즐기는 멋쟁이 하이에나들의 모습이 우리나라 인스타그램에도 앞다퉈 올라오길.

21세기에 아이를 낳는다는 것

우리 부부에게 누군가 아이에 대해 물으면 남편은 "없습니다"라고 단호하게 대답할 터이고, 나는 그날그날 기분에 따라 "네, 뭐… 환경문제 때문에요" 하고 얼버무리거나 "네, 아직은요"라고 여지를 남기곤 한다.

결단코 아이를 가지겠다는 결심까지는 아니어도 세상에 태어나서 누구나 겪는 자연스러운 일이 나에게도 언젠가 일어나리라 여겨왔다. 그런데 지속가능성 연구를 점점 깊이 할수록, 인류가 이 세상에 저지른 환경 재해의 규모와 심각성에 대해 경악하게 된다. 그러다 보면 내가 이 21세기의 심각한 기후변화 시대의 한가운데에서, 바로 이 재앙의 근원인 인간을 세상에 더 추가하는 것은 자가당착이라는 고민에 빠진다. 아기들은 하나같이 소중하고 어여쁘다. 그런 아이들을 기르기 위해 육아로 수고하는 수많은 엄마들의 위대함을 칭송하면서도, 적어도 내가 추구하는 삶의 방향에 빗대어 보았을 때 나 자신의 출산을 정당화하기가 어려웠다.

남편의 입장은 나보다 더욱 강경하다. 21세기의 출산이란, 인간의 끝없는 욕구를 마구잡이로 충족하면서 벌어진 환경 재앙 때문에 살아갈 곳을 잃어가는 동물과 자연을 위해 싸우는 자신의 철학과 상치한다는 판단 아래, 자신의 유전자를 퍼뜨리는 지극히 근본적인 욕구 충족에 대한 반대 의지가 확고하다. 환경까지 갈 것도 없이, 아이는 부모의 서비스를 최대한 빨아먹도록 생물학적으로 진화된 기생충과 같은 존재라는 과격 발언을 서슴지 않고, 결혼 전부터 이미 아이를 원하지 않는 이유는 백 가지도 넘게 댈 수 있다고 줄기차게 주장해왔다. 나도 내 소중한 짝꿍의 굳건한 인생철학을 무너뜨리고 싶지 않았고, 그간 여러 가지 연유로 우리 사정도 여의치 않아 지금껏 아이가 없어왔다.

한번은 정부에서 파견한 저출산 설문조사위원이 강릉 집에 찾아왔다. 마침 우리 둘 다 집에 있었고 주제도 흥미로워서 중년의 인상 좋은 아주머니를 흔쾌히 집으로 들어오시게 했다. 직업은 각각 뭔지, 남편 벌이는 얼마나 되는지(이건 왠지 소곤소곤 물어봤다), 가사 분담은 어떻게 하는지 등 우리 부부의 개인사를 시시콜콜 물으신 후 본격적으로 신혼인데 왜 아이가 없는지에 대해 소상히 물었다. 아이가 없는 이유의 객관식 답안에는 경제적 이유, 건강상의 이유 등 다양한 항목이 있었는데 개인적인 이유 외에는 환경에 대한 언급은 없기에 우리의 입장에 대해 말하면서 환경문제도 문항에 꼭 들어가야 한다는 의견을 피력했다. 설문 끝에 아주머니께서 물으셨다.

"요새 우리나라 저출산 문제가 심각하잖아요. 어떻게 생각하세요?"

"아, 네, 무척 바람직하다고 생각합니다."

"네? 아니, 그게 아니라, 새로 태어나는 아기가 점점 없어져서 우리나라 인구가 줄어든다고요."

"네, 바로 그거예요. 지금 인구가 너무 많아서 복닥복닥 문제가 많잖아요. 교통 체증도 심하고, 아파트 짓느라고 산도 다 깎고, 다 먹이느라고 농사지을 때 농약 막 치고요, 쓰레기 완전 넘쳐나고, 문제가 한둘이 아니에요. 얼른 줄어야죠!"

아주머니는 눈이 휘둥그레져서 황당하게 나를 쳐다보시고, 뒤에서 듣고 있던 산하 씨는 웃음을 참느라고 어깨를 들썩거렸다.

그런데 문제는 내가 아이 없는 자유가 무엇보다 중요한 부류의 여자가 아니었다는 사실이다. 애라면 펄쩍 뛰는 몇몇 친구들처럼 나도 그랬다면 환경문제까지 갈 것도 없이 오죽 편리했겠나만, 속으로는 나와 산하 씨를 닮은 아이가 꽤나 갖고 싶은 모양이다. 우리 사이에 혹시라도 기생충이 생기는 만일의 사태에 대비한다며 강릉에서 정든 슈퍼 이름을 따서 내 맘대로 아이 이름을 정해두기도 했다.

흔히 노산이 시작된다는 나이를 지나자 내 안에서 생물적인 조바심이 일기 시작했다. 이는 별난 남편 때문에 아이가 없어서 불행하다는 위험천만하며 배은망덕한 사실 왜곡으로 발전했다. 급기야 나와 지내러 영국까지 먼 길을 달려와준 고마운 사람을 앉혀 놓고는 전에 없던 눈물과 원망을 퍼부으며, 이 상태로라면 앞으로 내 인생은 계속 불행할 거라는 엄청난 발언을 던지는 데에 이르렀다. 동지라고 철석같이 믿던 아내에게 발등이 제대로 찍힌 남편은 그 후로 꽤 오랫동안 배신감과 당혹감을 감추지 못했다.

결국 나의 이 한심한 호르몬 폭탄 투하에, 나의 짝꿍이자 든든한 지원군은 오랜 고민 끝에 네가 행복하다면 뭐든지 받아들이겠다는 엄청난 항복을 해주었다. 그렇게 여러 발 물러서면서까지 나를 위해주는 마음이 눈물나게 고마우면서도, 사실 이게 과연 궁극적으로 모두를 위해 옳은 일인지 여전히 확신이 서지 않은 채로 어정쩡하다. 아직도 결정을 못 내리고 그날그날 마음 상태에 따라 다음 A, B, C, D의 네 가지 상태를 남몰래 오간다.

A) 기분 좋은 아침: 그래, 아이 없어도 남편이랑 둘이서 알콩달콩 행복하게 오래오래 지낼 수 있을 거 같아! 우리는 우리가 옳다고 여기는 방향대로 다른 삶을 살기로 했잖아. 지속가능성 연구를 한다면서 인구 증가에 기여하는 모순을 저지를 수는 없어. 나 정말 괜찮아, 하며 잠에서 덜 깬 남편의 볼을 사랑스럽게 쓰다듬는다.

B) 좋지만 어쩐지 아쉬움이 밀려오는 날: 아니야, 아무리 그래도 아이 없는 사람으로 초라하게 늙은 나를 상상할 수는 없어. 우리가 이렇게 애쓰는데 아직은 아이 낳아도 살 만한 세상을 만들 수 있지 않을까? 그래야 나도 세상에 희망을 갖고 살지, 하며 희망에 젖는다.

C) 스트레스 받는 날: 아, 이 얼마나 엉망진창인 세상인가. 미세먼지 때문에 나갈 수도 없고, 잘났다고 떠들어대는 인간들이 만들어놓은 신자유주의 세상은 앞으로 더욱 가혹할 텐데, 게다가 다들 스마트폰에 머리를 처박은 사람들 세상에서 아이가 어떻게 살 수가 있을까? 아무래도 애는 낳지 않는 게 좋겠어. 인간이 제일

문제야, 쳇! 풀이 죽는다.

D) 우울이 극에 달하는 날: 쩝, 우리를 닮은 아이가 생기면 좋을 거라는 거 그냥 내 환상일 수도 있어. 자기 좀 안아달라고 애새끼가 징징대면 이 늙은 몸이 얼마나 힘들까? 내 손목뼈가 남아나지 않을 게 확실해. 게다가 환경이 완전 맛이 간 21세기에 잘못 낳았다가는 애도 불행, 나도 불행일 거야. 비행기는 어쩌고. 만날 다 같이 영국이랑 한국을 오가야 한다면 나는 탄소 배출 세계 1위가 될걸. 이쯤 되면 답 없는 우울의 늪에 빠져 입이 삐죽 나온다.

하루는 A와 B를 오가는 꽤 발랄한 기분으로 기후변화와 지속가능성 포럼에 참석하게 되었다. 진실성 없고 지루하기 이를 데 없는 수많은 지속가능성 담론과는 다른 신선한 주제를 제대로 다룬다는 느낌이 들어서 자전거를 타고 집 앞 대학 유니온 건물에 들어섰다. 새로운 시도를 꺼리는 인간의 관성이 시키는 대로 별 생각 없이 늘 하던 대로 반복해온 게 결국 지금의 환경문제를 만들었기에, 늘 하던 대로 하는 'Business as Usual'을 벗어나 'Business as

UNusual'로 변화해야 한다는, 지금 상황의 근본적인 문제를 짚어낸 주제의 강연이 눈에 띄었고, "고기를 먹는 환경주의자는 없다"는 꽤 도발적인 주제의 토의 시간도 마련되어 있었다. 이 밖에 점심은 철저한 비건 채식으로 제공되고, 다양한 지속가능 사업들도 참여하는 등 일관성 있게 잘 디자인된 행사였다.

그날의 개회 연사인 영국북극연구소의 소장 데이비드 본 박사는 일곱 번의 북극 탐사를 통해 직접 목도한 심각한 기후변화에 대해 과학적 자료를 곁들여 보여주었고, 기후변화 문제가 얼마나 돌이키기 어려운 지경에 이르렀는지, 얼마나 즉각적인 액션이 필요한지를 진솔하고도 카리스마 있게 역설했다. 과학자와 정치인 모두 각자의 역할에 얼마나 적극적으로 임해야 하는지를 강조하는, 전에 없이 감동적이며 실천적인 연설이었다.

본 박사의 연설에 이어 케임브리지 녹색당에 출마한 정치인과 미국의 재생에너지 협회장, 케임브리지 교수, 임페리얼 컬리지의 교수가 각각 개인의 양심과 실천, 인류의 재앙 등에 대해 발언하고 토론하는 자리로 이어졌다. 청중 질문 시간이 오자, 이날따라 이상하게도 그동안 우리 부부 사이에서만 고민하던 아이 문제에 대해 이들의 생각을 묻고 싶은 용기가 났다. 이들이라면 비로소 내 고민을 진지하게 받아들이지 않을까? 이렇게 공개적으로 나섰다가 내가 언젠가 애를 들쳐 업고 나타나기라도 하면 무슨 망신이랴 싶어서 순간 망설여지기도 했지만 나만의 고민이라기보다는 개인의 양심과 실천에 대해 강조하는 발언을 함께 들은 모든 청중에게 던지고 싶은 근원적인 질문이기도 했다. 손을 번쩍 들었다. 고맙게도 세션의 좌장이던, 나의 연구소장 스티브 교수님이 질문할 기회를 주었다.

"안녕하세요? 저는 산업지속가능성센터의 연구원 박규리입니다. 지극히 개인적이고 근본적인 질문이 있습니다. 지속가능성을 연구하는 젊은 여자로서 아이를 갖는다는 사실을 스스로 정당화하기가 매우 어렵습니다. 새로운 생명이 태어나서 죽을 때까지 사용하게 될 엄청난 양의 자원과 환경영향도 문제이지만, 이 환경 재앙의 시대에 아이가 받을 고통도 두렵습니다. 정해진 답은 없겠지만 여러분의 의견을 듣고 싶…"

내 질문이 채 끝나기도 전에, 환갑을 바라보는 좌장이 먼저 사과부터 하는 진풍경이 벌어졌다.

"제가 먼저 당신의 위 세대를 대표해서 사과하고 싶군요. 제가 신혼이던 당시에는 이런 고민을 할 필요가 없었습니다. 그런데 지금은 안 할 수가 없습니다. 미안합니다. 우리 잘못입니다."

이후에 이어진 패널들의 대답은 다양했다. 일단 가장 강경한 답이 예상되었던 케임브리지 녹색당 후보자는 이렇게 말했다.

"바로 제가 25년 전에 스스로에게 던진 질문입니다. 당시 저의 대답은 '아니오'였습니다. 그래서 저는 아이가 없습니다. 이 시대에 아이를 낳는 것은 옳지 않습니다. 직접 아이를 낳기보다는 대안을 찾아야 합니다. 그래도 혹시라도 낳고 싶다면 부르키나 파소나 우르과이 같은 후진국에서 키우기를 바랍니다. 그곳의 아이들은 선진국에서보다 물자를 훨씬 덜 쓰면서 자라거든요. 여기서 한 명이 쓰는 물자와 환경영향이 그런 나라에서 네다섯 명이 쓰는 것보다 클 수도 있어요."

그렇군. 산하 씨랑 비슷한 생각이네. 그다음에 이어진 미국에서 온 재생에너지 협회장의 대답은 다소 표피적이고 실망스러웠다.

"입양을 하세요. 세상에는 엄마의 사랑이 필요한 아이들이 무척 많아요."

그걸 누가 몰라서 묻나? 나를 닮은 애가 궁금하다는데 말이지. 그다음에는 나이가 지긋하신 케임브리지 교수님이 한발 물러선 발언을 했다.

"저는 아예 아이를 안 낳아야 한다고 생각하지는 않습니다. 그렇지만 한 부부당 두 아이 이상은 정당화하기 어렵습니다."

세션이 끝나고 몇몇 젊은 여자 청중들이 나에게 와서 말을 걸었다. 어떤 이는 자기도 같은 고민이라며 동감을 표했고, 어떤 이는 아이를 잘 교육시켜서 세상 사람들을 지속가능한 방향으로 이끌도록 하면 되지 않겠느냐고 되묻기도 했다. 물론 이상적인 시나리오다. 다만 하나의 독립적인 인격체가 주도적으로 이끄는 삶의 방향에 부모가 오롯이 영향을 끼칠 수 없고 끼쳐서도 안 되기에, 아이가 커서 어떤 엉뚱한 짓을 한다고 해도 내가 어쩔 도리가 없을 것이다. 그래서 이것도 정답은 아니다.

이런 일련의 대답이 나의 결정에 얼마나 도움이 되었는지는 정확히 말하기 어렵지만 어쨌든 나의 고민을 처음으로 입 밖으로 내 공감을 이끌어낸 것만으로도 진일보한 기분으로 집으로 돌아왔다. 나 스스로의 생명 활동이 끊임없이 만들어내는 환경영향을 되도록 최소화하기 위해 늘 신경 쓰지만, 이 영향을 정녕 최소화하고자 한다면 사실 나의 죽음이 간단히 해결해줄 터이다. 하지만 자기를 부정하는 자가당착에서 벗어나, 생식 활동 또한 근본적인 생명 활동에 포함된다고 여기면 마음이 조금 편해질까 싶은 생각은 들었다.

그다음 날 바로 한국으로 왔는데—그나저나 이렇게 잦은 장거리 비행에 대한 변명은 어떻게든 불가능하리라—서울 집에 도착한 다음 날 새벽, 시차 때문에 일찍 깨서 메일함을 열었다가 놀라운 메일을 발견하게 되었다. 포럼에서 첫 강연을 했던 데이비드 본 교수가 그날 아이에 관한 질문을 한 "젊고 용감한 여성"에게 전달해달라며 포럼의 조직위원에게 쓴 메일이 연구소장님의 메일을 거쳐 사흘 만에 내 메일함에 도달한 것이다. 그날 받은 감동의 메시지를 이분의 허락을 얻고 여기에 바로 옮겨본다.

> 오늘 오후 내내, 아이를 갖는 문제로 씨름하는 젊은 여성의 질문에 대한 연사들의 답변을 곰곰이 생각해봤습니다. 비록 몇몇 답변의 뉘앙스는 좋았지만 답변이 한쪽으로 쏠린 느낌입니다. 저도 아이가 없기에 끼어들지 않았습니다만, 누군가가 나서주기를 바랐는데 아무도 없더군요. 제가 가만히 있었던 게 지금은 좀 후회가 됩니다.

『글로벌 코러스(Global Chorus)』라는 책에 제가 다음과 같이 쓴 적이 있습니다.

"지금껏 목격한 바에 따르면, 특히 선진국 사람들의 모든 일상 활동의 결과가 쌓여 근본적인 차원에서 지구에 지대한 영향을 주고 있음이 확실하다. 이 엄청난 변화는 조만간 전 세계 누구에게나 명확하게 다가올 테고, 지구의 많은 부분은 예측도 못할 방향으로 변할 것이다. 하지만 이 이상하고도 아름다운 우주라는 곳에서 우리가 목도하게 될 가장 무한한 것이 있다면 그것은 인류의 정신이다. 인간의 영혼은 대단히 강인하며, 우리가 아직 알지 못하는 것에 대해 아이들이 배우는 소리는 세상에서 가장 희망적이다. 나는 우리 인간이라는 종이 언젠가 이 망가진 지구를 고칠 방법을 찾아낼 것이며 진정으로 지속가능한 미래를 만들어내리라는 사실에 낙관적이다. 그러나 이는 무척 오래 걸릴 것이며 셀 수 없이 많은 용감한 선택을 요한다. 만약 우리가 시작도 못할 겁쟁이라면 우리의 아이들이라도 용감하게 길러내자!"

모든 아이들은 저마다 긍정적인 변화를

만들어낼 수 있습니다. 혹시라도 저를 위해 이
메일을 그 용감한 젊은 여성에게 전달해줄 수
있다면 무척 고맙겠습니다. 그 여성은 스스로를
위한 결정을 내려야 하며 우리는 그 어떤
결정이라도 응원해주어야 합니다.
행운을 빕니다!
—데이비드

연락이 될지 알 수도 없는 나에게 닿으려고 애쓴 이 든든한 지원군의 아름다운 글과 마음 덕분에 이제 아이를 낳건 안 낳건 간에, 아이에 대한 오랜 고민에 종지부를 찍고, 더 이상 A, B, C, D의 열탕과 냉탕이 아닌 희망적인 평화를 얻게 되었다. 아이 하나가 아니라 인류에 대한 희망이라는 커다란 틀에서 보면 더 이상 '징징거리는 기생충'에 대한 걱정에서도, 망가진 자연환경을 한탄하며 인간적인 욕망을 억누르는 비극에서도 자유로울 수 있게 되었다. 인류에 대한 희망. 이게 없다면 우울하게 하루하루 살다가 죽을 날만 기다려야 할 것이다.

아무튼, 딱따구리도 환경이 어떻든 간에 열심히 구애 활동을 하고 씩씩하게 나무를 쪼며 살고 있지 않은가. 그러니 여러분께서도 언젠가 딱따구리 집 근처에서 코가 납작하고 장딴지가 단단한 까불이(박규리 판)나 풀숲에 앉아서 벌레들을 물끄러미 관찰하는 안경 낀 꼬맹이(김산하 판)를 마주친다면, 결국 왜 그랬느냐며 우리에게 손가락질하지 않으시길! 그 아이가 장차 아름다운 인물로 자라도록 응원해주시길!

4부

고척동 딱따구리

2018

구려구 고철동

우리 부부의 가장 최근 보금자리는 서울 구로구 고척동의 작은 아파트다. 산하 씨가 강릉 집을 정리하고 안식년을 얻어 영국에서 지내다가 한국에 돌아가면서 이번에는 서울에 집을 구하는 실험을 하기로 했다. 강릉은 늘 휴가처럼 정답고 좋아서 떠나기 아쉬웠지만 아무래도 서울로 자주 오가는 부담이 있었다. 먼저 집을 알아보기 시작한 산하 씨가 내 친정 식구들이 사는 목동 옆 고척동을 제안했다. 지하철역 지도에 초록색이 많이 칠해져 있고, 한 번 가보니 여전히 인간적인 냄새가 나는, 왠지 잊혀진 서울 같은 느낌이 난다고 덧붙였다. 경비실에서 관리를 대신해주는 편리한 아파트보다 스스로 고치고 가꾸는 삶을 더 독립적이고 낭만적이라 여기는 우리 부부는 늘 단독주택을 꿈꾸지만 우리 경제 사정에 서울의 단독주택은 아직은 요원하니 작은 아파트를 알아보러 부동산을 찾았다.

우리가 원하는 바를 곰곰 따져보니 일반적인 인기 항목의 반대다. 첫째, 새 아파트가 아닐 것. 둘째, 역에서 멀 것. 여기에 자연과 가까울 것이라는 희망사항이 붙었다. 일단 현대적으로 꾸며놓은 인테리어와 빽빽 보안키를 눌러야만 현관에 이르는 아파트 입구나 엘리베이터가 없기를 바랐다. 이런 장치들이 소

모하는 에너지도 문제지만 현관문을 나서서 땅을 디디기까지의 과정이 최대한 단순하기를 원했다. 무엇보다 적당히 낡은 공간이 우리와 어울린다. 두 번째, 역에서 멀면 당연히 불편하지만 역세권은 사람이 많을 수밖에 없기에 피했다. 하물며 작은 개도 소변으로 표시해가며 자기의 영역을 넓게 정해두는데 너무 많은 사람들이 몰려 살면 나만의 영역이 모호해져 불안해진다. 초원의 사자만큼은 아니어도 편안함을 주는 우리만의 영역이라는 느낌이 필요하다. 자연히 소음 걱정도 덜하리라는 계산도 있었다. 이런 기준으로 고척동 산기슭의 낡은 5층짜리 아파트가 물망에 올랐다.

'구려구 고철동'이라는 자조적인 별명은 옛 구로공단의 인상이 아직 가시지 않은 데다, 최근까지 영등포 교도소가 가까이 있어 개발 바람이 비껴간 이 동네 사정을 잘 표현해준다. 우리 부부에게는 오히려 비인기 지역이라는 단점이 장점으로 작용했지만. 국민학교 시절부터 목동에 살면서 고척동 친구들과 같이 학교를 다녀 익숙한 동네이면서도 어쩐 일인지 살아볼 생각은 안 했던 고척동에 마련한 우리 보금자리는 두 가지 면에서 새롭다. 하나는 그렇게도 피하려던 주거 공간인 아파트라는 점이고, 다른 하나는 우리가 살던 그 어떤 곳보다 딱따구리 이웃이 많다는 점이다.

28년 된 아파트는 우리가 원하던 세 가지를 잘 갖추었다. 아파트 입구의 드나듦이 자유롭고 집까지 가는 엘리베이터가 없다. 현관을 나서서 계단을 내려가면 바로 밖이다. 야호! 마을버스를 15분 정도 타고 나가야 전철역에 닿는 비역세권에, 야트막한 두 동짜리가 전부인 소규모 아파트 단지라 아담하다. 게다가 황송하게도 야트막한 능골산이 뒤에 펼쳐진다. 집을 보러 다니던 중 문을 활짝 연 채로 내부를 수리하는 모습이 궁금해서 구경 삼아 들어가는 바람에 우연히 찾게 되었다. 나의 공연한 궁금증이 아니었으면 마땅한 집을 구하기까지 시간이 더 오래 걸렸을 거다. 뒷산 때문에 이미 마음이 혹하던 차에, 수리를 마치는 대로 내놓으려는 주인의 계획은 당장 입주하려던 우리 사정과 잘 맞았다. 이 집의 월세 보증금 정도면 대출을 발생시킬 필요도 없었고, 지난 강릉 집과 마찬가지로 어차피 은행 이자로 나갈 돈을 대신 개인에게 월세로 줄 수 있기에 결정은 어렵지 않았다.

덕분에 우리 집주인이자 아파트 관리소장 겸 경비를 맡고 계신 소장님과도 살가운 사이가 되었다. 우리가 머리를 조아려야 할 듯한 집주인이면서 동시에 집의 온갖 수리를 도맡아 출동하는 아파트 관리소장이라는 오묘한 역학관계에 놓여 있다. 당신께서 젊은 시절 가난 때문에 이사를 많이 다니며 고생할 적에, 나중에 집주인이 되면 세입자에게 잘해주겠다고 오랫동안 결심을 해왔노라며 늘 잘 보살펴주신다. 이 동네에서 30년 넘게 사신 토박이로 동네 마당발이신 데다가 전파사 운영 경력도 있는 맥가이버이시다. "소장님, 소장님"을 외치며 도움을 청하면 온갖 연장을 갖춰 들고 집에 오셔서 진지하게 문제를 연구하고 해결해주신다. 물자를 아끼고 집도 아끼는 우리 부부가 마음에 드셨는지 "우리 참 잘 만났어. 이 집에서 오래 살어" 하면서 무심한 듯 반가움을 내비치신다. 강릉의 문방구 아주머니에서 뻥튀기 아주머니, 케임브리지의 필라테스 선생님을 거쳐 또 이런 분과 인연을 맺다니 어떤 세입자도 쉽게 가질 수 없는 행운이 아닐 수 없다.

이렇게 구한 고척동 딱따구리 집에는 조그마한 거실과 안방, 창밖으로 산기슭이 보이는 작은방, 미닫이문이 달린 중간 방, 부엌, 화장실이 있다.

거실은 산하 씨의 작업실 겸 손님을 맞는 공간이다. 시야를 가로막는 고층 아파트가 없어 햇살이

찬란하게 쏟아져 들어오는 호화로움이 있다. 볕이 잘 들고 시야가 막히지 않는 나무에 둥지를 트는 딱따구리 둥지와 비슷한 조건이다. 여기에 시댁에서 물려받은 소파와 우리 부부의 공동 책장과 수납장, 동네 고물상에서 구한 공구 정리함이 어우러져 있다. 30년이 훌쩍 넘은 소파는 동대문에서 끊은 천으로 갈아입고 새로 태어났다. 애초에 정성들여 만들어진 가구라 앞으로 최소 30년은 너끈하다.

산이 보이는 작은 방이 딱따구리 구경에 안성맞춤인 딱따구리 극장이자 손님방 겸 내 작업 공간이다. 내 책상과 책장, 손님을 위한 작은 침대, 강릉 목공소에서 나무판을 구해다가 조립한 장난감 선반이 있다. 작고 아늑한 공간을 좋아하고 종종 먼 산을 보며 눈을 쉬고 싶은 나에게 제격이다. 영국으로 출근하거나 다른 나라에서 프로젝트를 꾸리지 않을 때 한국에서 주로 업무를 하는 공간이다.

안방은 주차장에서 주워온 서랍장과 조립식 철제 옷장, 시누이에게 물려받은 화장대 거울, 침대로 간소하게 꾸몄다. 오래된 방문은 소장님이 칠해주셨는데 페인트가 모자랐는지 마무리가 영 매끈하게 되지 않았다. 그런데 아저씨는 "그냥 살어" 하시며 대수롭지 않아 하신다. 그렇게 두고 보다 우리도 빈티지 스타일이라 여기기로 했다.

중간 방은 80년대에 유행했을 법한 미닫이문이 달린 특이한 공간이다. 창문이 없는 막힌 공간이라 답답할 수 있었는데 창문 대신 커다란 거울을 놓고, 식탁을 가운데에 두고, 미닫이문을 떼어내니 시원하게 트인 식당 공간이 되었다. 산하 씨네 집에서 옷을 보관하던 서랍장을 가져다가 장식장 역할을 맡기니 오래된 식탁과 자못 잘 어울린다. 산하 씨가 청혼한 날의 추억이 서린 문어 장식을 달아 문어방이라고 부른다.

뒤로 펼쳐진 능골산에는 많은 사람들이 산책을 온다. 해발 83미터밖에 안 되지만 양천구와 구로구를 넘나드는 넓은 면적의 녹지다. 이렇게 드나드는 이가 많은데도 딱따구리들 여럿이 씩씩하게 잘 살고 있어 참 기특하고 고맙다. 봄이 와서 새싹이 돋고 잎사귀가 무성해지면 딱따구리 보기가 어려워지겠지만 싱그러운 잎사귀도 기대가 된다.

산하 씨 말대로 우리 동네는 옛 동네의 정다움이 많이 남아 있다. 경칩에 관한 시를 써서 계산대에 자랑스럽게 올려놓는 아르바이트생이 반겨주는 희망마트가 있고, 남자다운 미소를 날리며 인사하는 고물상 아저씨가 있다. 무뚝뚝하지만 솜씨가 좋은 미용실 아주머니가 있고, 옛날 엿장수보다 멋진 솜씨로 "자, 오늘 싱싱한 시금치가 2천 원. 자, 오늘 달콤한 딸기가 5천 원. 자자"를 구수하게 외치는 슈퍼 아저씨가 있다.

알고 보면 보석처럼 빛나는 구려구 고철동이 우리 부부의 요즘 보금자리이다. 출근길 버스를 눈앞에서 놓치는 황당한 불운에 분통을 터뜨리고, 신발 끈처럼 촘촘하게 설치된 산책로 데크에 나무들이 자리를 내준 것에 아쉬워하고, 아이스바 막대를 함부로 버리는 동네 꼬맹이들 때문에 속상한 마음을 서로 다독여주다가 창밖에서 들려오는 우렁찬 딱따구리 소리를 들으며 다시 기운을 차리는 딱따구리 둥지이다. 시장에서 나물을 사다 다듬어 사이좋게 소박한 밥상을 차리고, 서로의 일과에 대해 도란도란 이야기를 나누고, 때로 친구와 가족들을 불러서 딱따구리 칵테일을 대접하는 딱따구리 사랑방이다. 쓰레기장에서 물건을 주워다가 수리하고, 전기세 줄이기 도전을 즐기고, 구멍 난 양말을 기우고, 물려받은 옷을 고쳐 입으며 주어진 물자 안에서 멋지게 살아보려고 고군분투하는 우리 부부의 지속가능한 삶의 실험장이다.

고척동 고물상 단골손님

고척동에 이사 오니 살림살이 몇 가지를 다시 장만해야 했다. 설거지 건조대도 그중 하나였다. 강릉 집을 나오면서 부엌 찬장에 설치한 걸 다음 사람도 쓰겠거니 하고 그냥 두고 온 것이다. 세탁기와 가스레인지 등 덩치가 큰 애들은 중고로 잘 구했지만 이런 소품도 중고로 구할 수 있나 애매하기도 하고 매일 설거지가 나오니 마냥 여유를 부릴 수가 없어 마트로 갔다. 간 김에 이것저것 카트에 골라 담는데 마침 지나던 점원 아주머니께서 내일모레부터 전 품목 세일이니 급하지 않으면 며칠 뒤에 와서 사라고 귀띔한다. 이런 분이 다 있네? 역시 고척동은 정이 살아 있는 동네임을 실감한다. 고마운 마음으로 물건들을 다 내려놓고 집에 돌아왔다.

그러고 보니 지나다니다가 스테인리스 와이어가 잔뜩 쌓여 있는 걸 어디선가 본 기억이 난다. 우리 동네에 고물상이 있던가? 아, 저기 고물상 맞구나.

"아저씨, 안녕하세요? 저, 혹시 설거지대 같은 거 있어요?"

"설거지대? 그런 거 없어요."

"본 거 같은데…. 저기 좀 가봐도 돼요?"

굳이 없다는 주인아저씨에게 고집을 부려 뒤편으로 가니 아니나 다를까 이런저런 스테인리스 망들이 얽히고설켜 있다.

"여기 있다! 아저씨 이런 거 말이에요."

"그거 다 찌그러졌어요. 못 써요."

"그래요? 아, 이거 괜찮네! 이거 안 찌그러졌는데요. 이거 살 수 있어요?"

아저씨는 고물상에 들어온 웬 작은 여자가 귀찮으면서도 재미있다는 얼굴이다.

"이거 안 파는 건데. 그냥 이천 원만 주세요."

"와, 고맙습니다. 딱 제가 찾던 거예요. 또 올게요."

"근데 젊은 아가씨가 신기하네. 이런 고물 뭐가 좋다고."

"좋잖아요. 요새 시대가 어느 땐데, 물자를 아껴야죠. 이거 완전 멀쩡한데."

능청을 떠는 내가 우스운지 빙그레 웃으시면서 잔돈을 거슬러주신다. 아저씨가 하시는 일의 가치를 알아봐준 느낌도 들고, 뭔가 통한 기분이 좋다. 고물상을 나서며 둘러보니 딱히 더 필요한 물건은 없지만 왠지 다시 올 것만 같은 예감이 든다. 노획물을 들고 기분 좋게 룰루랄라 가던 길에 마침 퇴근 버스에서 내리는 산하 씨와 마주쳤다.

"이거 봐라, 딱 좋지? 어제 안 사길 잘했어. 고

물상에서 이천 원에 샀다!"

"와하하 정말? 진짜 좋네! 너 진짜 웃긴다. 고물상이 어디 있어?"

"근데 말이야, 생각해보니까 거기 파이프도 많던데 우리 다시 가서 컵 걸어놓을 파이프도 구해볼까?"

산하 씨를 대동하고 고물상으로 돌아갔다.

"아저씨 저 또 왔어요, 히히. 근데 혹시 파이프도 있어요?"

"파이프라… 글쎄 가서 한번 찾아봐요."

그렇게 파이프랑 설거지 건조대를 건져서 집에 돌아왔다.

우리 집 주인이자 아파트 관리소장님인 맥가이버 소장님이 집에 오셨을 때 연결 고리가 없는 설거지대를 찬장에 붙일 방법이 없는지 여쭈었다. 소장님은 "이거? 다 방법이 있지!" 하면서 신나게 재료와 공구를 가지고 오신다. 둥근 판과 나사 두 개, 옷걸이 철사를 구부려서 고정하니 설거지 건조대가 훌륭하게 붙었다. 캬하, 아저씨 최고예요! 손가락을 치켜드니 소장님도 즐거우신 눈치다.

하루는 산하 씨 퇴근이 늦어 혼자서 저녁을 먹

고 산책을 나갔다. 뭐 재미있는 게 없나, 어쩔 수 없이 고물상에 눈길이 간다. 밤이 꽤 늦어서 문 닫힌 고물상의 철창 사이로 새롭게 쌓인 고철 더미가 보인다. 그 꼭대기에 기가 막히게 멋진 흰색 철제 서랍장이 우뚝 서 있다. 애니메이션 〈Wall-E〉와 꼭 닮은 풍경이다. 우리 집 공구와 부속품들을 담는 신발 상자가 넘칠 지경이라 마침 정리함이 필요했는데, 서랍이 여섯 개나 달린 저 녀석이 안성맞춤이다. 다음 날 산하 씨 출근길에 같이 나섰다. 그새 고철로 팔리기라도 하면 야단이니까.

"아저씨, 저 또 왔어요. 단골이지요?"

사장님도 내 얼굴을 알아보고 반가워하신다.

"저 철제 서랍장 얼마예요? 가져가도 돼요?"

아저씨가 잠깐 머뭇거리시더니 저쪽으로 비켜보라며 서랍장을 커다란 쇠판 위에 올려놓고 사무실로 들어가셨다.

"사천 원만 주세요. 무게로 치면 사천이백 원인데 이백 원 안 줘도 돼요."

"정말요? 고맙습니다. 저희가 꼭 찾던 거예요."

귀찮을 법도 한데 흔쾌히 응대해주는 고물상 아저씨가 고맙다. 아저씨는 요새 보기 힘든 상남자의 포스가 느껴지는 풍채에 여유 있고 푸근한 분이다.

좀 전에 서랍장의 무게를 잰 쇠판은 트럭째 올라가서 무게를 재는 거대한 저울이다. 그렇다면 여기 오는 물건들은 아무리 쓸 만해도 되파는 게 아니라 고철로 팔리는 운명이라는 것이다. 어떻게 하면 매일같이 쏟아져나오는 폐기물의 가치를 절하시키지 않고 멋지게 활용할 수 있을까 고민이 된다. 자원 순환의 우선순위에서 보면 재활용(recycle)보다는 재사용(reuse), 재사용보다는 쓰레기 줄이기(reduce)가 환경영향 면에서 가장 우수하다. 개별적인 쓰레기 하나를 되살리는 디자인 시도는 여기저기서 많이 이루어지지만 소규모의 단발적인 시도에서 벗어나 대규모의 고부가가치 비즈니스를 창출해 지속가능하게 만드는 것이 나의 주된 연구 관심사이기도 하다.

전쟁을 겪은 우리 부모님 세대의 영향으로 나는 어릴 적부터 쓰레기 되살리기에 관심이 많았다. 겨우 말을 시작한 세 살 정도 되었을 때 옆집에 놀러갔다 돌아오던 길에 내가 누군가 밖에 내놓은 의자를 살펴보며 "이거 쓸 만한데"라고 했다는 이야기는 우리 집에서 아직도 회자되는 일화다. 이런 물자 활용 정신이 지금껏 이어져서 전 세계의 공장과 산업시설을 다니면서 효율적 자원 활용을 위한 시스템 디자인을 연구하는 일을 하고 있는지도 모르겠다.

아저씨의 고물상에서 주로 취급하는 고철류는 그나마 녹여서 쓸 수 있어 재활용률이 무척 훌륭한 편이긴 해도 재활용 과정에 드는 에너지며 환경영향은 여전히 무시할 수가 없다. 그렇다면 어떻게 해야 애초에 폐기물이 덜 나오게 할 것이며, 어떻게 해야 멋지게 다시 쓰는 문화로 만들 수 있는지가 늘 고민이다. 고물상은 곧 사라지게 될 험한 일로 생각하기 쉽지만 여러 가지 자원이 쓰레기장에 매립되지 않도록 처리하는 무척 중요하고 고마운 곳이다. 지금껏 값싼 노동력과 기초적인 재활용 기술에 의존해온 산업이었지만, 이제는 유럽을 중심으로 첨단 기술과 투자를 통해 한정된 자원의 가치를 최대한 끌어내는 첨단산업으로 재부상하고 있다. 앞으로는 폐기물이 황금광이라는 말도 나온다. 우리 동네 아저씨가 지구를 살리는 존경받는 사업가로 변신할 날도 머지않았다.

Drum roll, please!

딱따구리의 상징 가운데 뭐니 뭐니 해도 소리를 빼놓을 수 없다. 그 이름부터 따다다닥 딱따구리가 아닌가. 하루도 빼놓지 않고 들려오는 딱따구리의 씩씩한 북소리 주법에 대해 물을 겸 우리가 팬을 자처하는 재즈 드러머 이현수의 공연에 찾아갔다.

"타라라라라라라라라락! 이렇게 치는 드럼 주법을 뭐라고 부르나요? 요즘에 짝을 찾는 시기인지 집 근처에서 매일 아침마다 들려요."

그 이름도 멋진 드럼롤(drum roll)이란다. 그러고 보니 시상식에서 긴장감을 고조시키는 용도로 터져나오는 그 드럼롤이구나. 딱따구리 동네에는 멋진 상을 주는 시상식이 매일 열리나 보다.

처음 산하 씨를 알게 되었을 때—나도 그렇다고 일일이 말하기도 민망할 정도로—우리의 취향은 무던히도 닮아 있었다. 그 목록에는 재즈도 있다. 자연 생태계의 유기적인 흐름과 닮아 형식과 규율에 얽매이지 않고, 마음껏 감흥을 발산하는 자유로움이 매력적인 음악 장르다. 절정의 흥분을 자아내기도 하고 아련한 감성을 불러일으키기도 한다.

이현수 드러머는 우리가 함께 간 재즈바에서 발견한 드러머이다. 물 흐르듯 자연스럽게 다른 악기를 받쳐주는 노련한 반주와 엄청난 힘이 느껴지는 솔로를 뽑아내는 출중한 실력과 신사처럼 말쑥한 외양에 순수한 심성을 지녔다. 각각 다른 재즈바의 공연에서 두 번째 마주친 밤에 인사를 나눈 뒤, 한국에 휴가를 나올 때마다 현수 씨가 연주하는 재즈바를 찾아다니는 게 우리의 데이트 코스가 되었다. 팬 층이 두텁지 않은 재즈 동료들에게 우리의 존재를 수줍게 자랑하고 부러움을 사는 모습이 무척 귀엽다. 보잘것없는 두 명짜리 팬클럽도 재즈계에서는 드문 모양이다.

공연을 통해 만나는 횟수가 거듭되고, 공연 후에는 한두 잔 같이하게 되면서 팬과 음악가의 관계에서 이제는 고민을 나누고, 서로의 분야를 접목하여 대중에게 더 널리 알리는 기회를 함께 모색하는 사이로 발전했다. 산하 씨가 습지에 관한 전시를 진행하면서 '축축한 살롱'이라는 음악회를 기획해 현수 씨가 작곡한 곡을 드럼, 더블베이스, 건반의 삼중주로 연주하기도 했다.

이번 공연은 전자기타와 베이스, 키보드로 구성된 사중주 밴드 엄기웅 쿼텟이다. 네 남자가 서로 눈을 맞춰가며 주거니 받거니 카리스마가 뚝뚝 묻어나는 연주를 들려준다. 신들린 연주 솜씨에 시간이 가는 줄도 모르고 음악을 즐겼다. 아무리 똑똑하고 아무리 돈 많은 남자라도 절대 꺾지 못할 부류의 남자가 있으니 이는 바로 음악가라는 농담이 떠오르는 공연이다. 신나게 무릎 드럼으로 박자를 맞추며 음악에 빠진 산하 씨도 적극 인정한다. 나에게 특별한 추억이 있는 〈Girl from Ipanema〉라는 보사노바 곡을 청해 들었다. 오랜만에 연주해본다면서도 감미로운 멜로디를 파워풀하게 변주해서 멋지게 들려준다. 그런데 연주를 마치고 같이 자리에 앉은 기타리스트와 베이시스트가 뭔가 불편해 보인다. 알고 보니 나 때문에 쑥스러워서 술을 못 마시겠다는 거다. 유부녀라도 여자라면 무조건 쑥스럽다니, 이렇게 귀여운 카리스마 대마왕들이 있나? 이렇게 멋진데도 어째서 좋다고 따라다니는 여자가 없는지 도무지 알 수가 없다.

어쩌면 척박한 우리나라 재즈 음악의 환경 탓일까. 집에 오는 내내 연주의 여운으로 들떠 있으면서도 쓸쓸한 기분이 든다. 옆에서 지켜보는 산하 씨와 내가 안쓰러울 정도로 한국의 재즈 음악가들은 실력에 걸맞은 인정을 못 받고 있다. 땀을 뻘뻘 흘리며 신들린 연주를 펼치고도 재즈클럽에서 받아 나눠 갖는 연주비는 모아봐야 클래식 콘서트 1인 입장료는 되려나. 재즈클럽에서 음료 값에 더해 1인당 5천 원씩 연주비를 받아도 손님이 많아야 몇 테이블이니 얼마나 걷힐까 늘 걱정이다. 그나마 얼마 안 되는 연주비마저도 자율적으로 봉투나 모금함에 넣는 곳에서는 최악의 경우 한 푼도 못 받고 집에 가는 경우도 있단다!

가끔 해외에서 공연을 하면 확실히 연주가에 대한 존경이 느껴진다는 이야기도 들려준다. 어쨌든 그럼에도 불구하고 음악에 인생을 건 이 연주자들은 창작활동 외에는 관심이 없고 혼신의 힘을 다해 연주를 계속한다. 사람들이 어여삐 여겨주건 아니건 아랑곳없이 매일 아침 웅장한 드럼을 울려대는 딱따구리들과 닮아 있다. 그렇지만 한편으로 이러다간 한때 우리나라에서 가장 큰 딱따구리 종류였으나 지금은 멸종된 게 확실해 보이는 크낙새 신세가 될까 걱정도 된다. 미국과 유럽에서 재즈가 번성하던 1920~30년대로 돌아갈 수는 없대도 이들의 재능을 알아보는 사회적 분위기와 열렬한 팬 층이 어느 정도는 확보되어야 이들도 대를 이어 신나게 살아갈 수 있을 텐데 말이다. 동물들이 지금 현재 잘 사는 듯 보여도 짝을 못 만나고, 서식지가 많지 않고, 먹을거리가 부족하면 결국 멸종의 길을 걷게 되는 게 자연의 이치이니.

한국에서 영국으로 오는 비행기 안에서 우연히

인디 밴드 잔나비가 나온 프로그램을 보았다. 한국적인 사운드에 충실한 밴드라는 소개에 관심이 갔다. 프로그램에서 부른 노래 〈뜨거운 여름밤은 가고 남은 건 볼품없지만〉의 마지막 소절 "남겨두겠소"에서 예스러운 한국말 어미가 인상적이다. 〈She〉에 등장하는 가사 "내 손을 감싸 쥐는 용감한 여전사"에서 보이는 적극적인 여성상도 마음에 들었다. 다섯 명의 구성원 모두가 원숭이띠라는 점에 착안하여 지은 잔나비라는 밴드 이름도 한국말이라 마음에 든다.

한국과 외국을 오가다 보면 한국을 외부의 시선에서 바라볼 기회가 많은데, 어느 나라나 외국어를 써서 이국적인 느낌을 자아내려는 마케팅 전략이 없진 않지만, 아무리 그래도 정도껏이지 노골적인 유러피안 감성을 내세우는 외국어 간판과 각종 이름들은 영 불편하다. 결국 우리나라의 언어와 문화를 자랑스럽게 여기고 가꿀 사람은 우리 자신밖에 없다는 것을 깨닫는 데 나도 꽤 오랜 시간이 걸리긴 했다. 딱딱 나무를 쪼는 소리에서 유래한 딱따구리의 우리말 이름이 제일 입에 착착 감기듯이. 말 그대로 '나무 쪼는 이'라는 뜻의 영어 'woodpecker'나 중국어 '啄木鳥', '머리도끼'라는 뜻의 태국어 'นกหัวขวาน', '목수새'

라는 스페인어 'párajo carpintero' 모두 딱따구리의 행동을 나름대로 묘사 혹은 비유한 이름이지만 우리말처럼 소리에서 딴 직관적인 이름보다는 지루한 설명형이다. 고작 불어의 'pic'이나 핀란드의 'tikka'가 딱따구리가 내는 소리에서 유래한 이름이지만, 이마저도 우리말처럼 그 독특한 소리를 잘 잡아내지는 못한다.

잔나비의 노래는 요즘 유행하는 코드나 잔망스러움이 없는 아날로그적인 감성에 특별한 매력이 있다. 직접 써서 부르는 노래의 멜로디와 가사가 저마다 마음을 울리고 우정이 뒷받침된 연주에서 싱그러운 에너지가 묻어난다. 이런 감성과 재능이라면 아무래도 이 밴드 성공하겠는걸. 게다가 독특한 음색에 짐짓 심각한 얼굴로 가슴 아픈 사랑 노래를 부르다가 싱긋 웃는 보컬의 매력과 장난기를 나만 알아보는 게 아닐 텐데. 영국에서 친구들을 불러다 놓고 파티할 때 들려주고 싶었다. 번역하면 원래 가사의 시적인 아름다움을 전달하는 데에 한계가 있겠지만 그래도 이들의 남다른 재기발랄함, 현대 한국 사운드에 대한 자신만만한 열정, 다채로운 장르를 넘나드는 음악적 역량, 아날로그적 실험정신은 전해지지 않을까.

한번 꽂히면 열정을 바치는 평소 습관대로 매일 처럼 잔나비 노래를 듣다가, 시차 때문에 일찍 잠에서 깬 어느 새벽에 잔나비 페이스북에 메시지를 보냈다. 오랜만에 진짜 음악과 진짜 사람을 알게 되어 반갑다는 응원의 말과 함께 왜 CD가 품절인지 물었다. 답이 오건 말건 내가 느끼는 기쁨과 응원의 마음을 표현하고 싶었다.

그러고는 엉뚱하게도 주변에 만나는 사람마다 붙잡고 최근 알게 된 환상적인 한국 인디 밴드가 있는데 혹시 영국에 소개해줄 만한 아는 사람 없는지 물어보기 시작했다. 디자인이나 영화 쪽이면 몰라도 음악에는 연결점이 없다고 여겼는데 우연찮게 몇몇 친구들이 영국의 음악 배급사와 연이 닿아 있다는 사실을 알게 되었다. 심지어 일로 새로 만나게 된 여자가 전직 BBC 라디오 세계음악 프로그램 진행자였다길래 첫 전화통화에서 일 얘기를 하다 말고 아는 음악 기획자가 있는지 묻기도 했다. 대답은 예스. 런던에 사는 아일랜드 출신 친구 부부는 링크를 보내면 소개해주겠단다. 음악 엔지니어링을 하는 언니는 런던의 인디 밴드 배급사와 연결해주는 건 일도 아니라고 한다. 이번에도 여차하면 소 뒷걸음질로 쥐를 잡으려나.

브라질 친구네 집에 가서 잔나비의 노래를 틀어주며 음악 얘기를 하고 집에 온 밤, 뜻밖에 잔나비에게서 답이 와 있었다. 그동안 친구들에게 물어두었던 여러 가지 영국 데뷔 방안에 대해 다시 답을 보내고 기분 좋게 잠이 들었다. 얼마 안 있어 잔나비에게 다시 답이 왔다. 학교에서 일하다가 받은 이번 답장에는 과도하게 흥분한 나머지 자리에서 벌떡 일어나 밖으로 나가 냉큼 달리기를 해서 가라앉혀야만 했다. 그래도 안 되겠어서 학교 안내데스크에 내려갔다. 나를 보면 혀를 날름 내미는 장난꾸러기 리셉셔니스트 션에게 가서 말해야지. 션은 학교를 드나드는 학생들과 교직원들이 모두 친근하게 여기는 중년 여성으로 사람들이 남들에게 말 못할 비밀 얘기를 많이 털어놓는 대나무숲 같은 존재다. 이건 비밀까지는 아니어도 같이 좋아해주리라. 션이 마구 웃으면서 "너 그루피가 됐구나!" 하고 연예인 따라다니는 소녀 팬이 됐다며 놀린다. 그렇게 자칭 잔나비 영국 홍보부장이 되었다.

정말로 나의 소 뒷걸음질 덕분에 언젠가 잔나비가 영국에 성공적으로 데뷔하는 날이 오면, 보답으로 딱따구리에 대한 노래를 만들어달라고 해야지, 벌써부터 김칫국을 마시고 있다. 아무튼 딱따구리는 자기를 찬양하는 노래를 부르건 말건 언제나 멋진 드럼을 칠 것이다. 자연을 닮은 자유를 연주하는 우리나라의 재즈 음악가들과, 우리만이 표현할 수 있는 감성을 노래하는 잔나비, 누가 알아주지 않아도 세상에서 가장 멋진 드럼을 치는 딱따구리들에게 모두 "Drum roll, please!"

울 준비는 되어 있다*

* 에쿠니 가오리의 동명 소설은 진정으로 슬픔에 관한 이야기이지만 나에게는 조금 다른 눈물이 준비되어 있다.

어릴 때 기억이 유별나게 많은 편이다. 어릴 때 오빠와 친 장난이나 친구들과 있던 일을 마치 어제 일처럼 이야기해주면 산하 씨가 즐겁게 귀 기울이곤 한다. 엄마와의 기억도 많은데 엄마가 들려준 여러 이야기 가운데 엄마 새와 아기 새의 슬픈 이별 이야기는 지금도 종종 떠오른다. 엄마 새와 아기 새를 각각 다른 새장에 가두어서 서로 못 만나게 하는 끔찍한 실험에 대한 이야기였다. 서너 살 때 기억이라 정확하지는 않지만 아기 새를 만날 수 없어 안타까워하다가 죽은 엄마 새의 배를 갈라보니 장기가 다 끊어져 있더라는 내용이었다. 어릴 때 살던 우이동 집 부엌에서 이 이야기를 들었을 때 가슴에 스미던 슬픈 마음이 지금도 어렴풋이 남아 있다.

숱한 헤어짐을 겪을 때마다 그 엄마 새가 이런 마음이었을까 궁금해진다. 내가 겪는 숱한 헤어짐이란 사랑하는 이들과의 생이별이다. 가족과 친구들을 뒤로하고 영국으로 스리랑카로 미국으로 이탈리아로 내가 자꾸만 훌쩍훌쩍 떠났기 때문이다. 떠나겠다고 호기롭게 마음을 먹고 씩씩하게 출국 준비를 하다가 막상 비행기에 오르려고 뒤돌아선 그제야 이제 진짜 작별인가 눈물이 핑 돌던 첫 출국 날의 기억이 선하다. 십대를 벗어나자마자 겁도 없이 더 넓은 세상을 보겠다고 영국으로 훌훌 떠난 뒤 20년 가까이 이런 삶을 살아왔다. 오빠와 내가 꼬마일 때부터 대학 이후부터는 알아서 하라고 누누이 강조하신 부모님 덕에, 나는 경제력도 없으면서 성인이 되면 독립해서 나가는 걸 당연하게 여겼다.

만 스무 살 되던 해에 부모님의 슬하를 떠나 먼 나라로 가는 건 비교적 쉬웠다. 내가 내 삶을 찾아 떠나도 두 분은 서로가 의지할 짝꿍이니 괜찮다고 생각했다. 공항 보안검색대 너머 유리 틈새로 손을 흔드시던 모습은 애틋했지만 가슴이 끊어지는 고통은 아니었다. 세월이 흘러 2년 전 아버지의 위암 말기 소식에 급히 귀국했다가 수술 후에 다시 영국으로 돌아올 때는 가슴이 많이 아팠지만. 아무튼 태어났으니까 그곳에서 살고 죽는 소극적인 수긍보다는 생활의 터전을 적극적으로 선택하려는 내 삶에는 이런 헤어짐이 어쩔 수 없이 끼어든다.

말은 그렇게 하시고도 늘 나를 그리워하시는 부모님으로서는 섭섭할 노릇이지만, 반면 산하 씨와 헤어질 때는 가슴 깊숙한 곳이 물리적으로 갈가리 찢기는 느낌이 든다. 슬퍼하는 엄마 새의 모습이 떠오른다. 헤아려보니 남편과 나는 연애 시절부터 한 해씩 번갈아 같은 나라와 다른 나라에 사는 걸 8년째 반복해왔고 산하 씨는 한국에서, 나는 영국과 연구지로 선정되는 여러 나라에서 활동하니 우리 부부에게는 앞으로도 수없는 헤어짐과 만남이 예정되어 있다.

산하 씨를 처음 만난 건 하필 박사 과정을 위해 영국으로 다시 떠나기 직전이었다. 영국행이 아니었으면 만나지도 못했을 인연이었기에 애초부터 악명 높은 장거리 연애 운명이었다. 몇 달 후 영국으로 떠난 후에도 산하 씨가 틈틈이 여행을 오고 나도 출장차 자주 한국에 가서, 대륙을 가로지르는 장거리 연애치고는 꽤 자주 만날 수 있었다. 문제는 늘 헤어질 날이 다가오는 일주일 길게는 2주일 전부터 일어났는데, 주책없이 툭하면 내 눈물보가 터지는 것이었다. 헤어지고 나서 며칠간은 다시는 못 볼 것처럼 펑펑 우는 것도 우습지만, 아직 상대방이 눈앞에 있고 함께 시간을 잘 보내는 순간에도 문득문득 터지는 눈물은 스스로 생각해도 좀 너무했다.

효창공원에 나란히 앉아 가을 햇볕을 쬐다가 또 눈물이 주르륵 흘러버렸다. 내 눈물에 마음이 아플까 봐 미안해서 안 운 척 애쓰는데 산하 씨가 눈치를 챈다. 괜찮아, 이 눈물은 슬퍼서가 아니라 아름다워서 그래, 라는 말에 나는 조금 위로가 되고 수긍이 된다.

우리가 같이 있는 지금 이 순간이 아름답지 않다면 곧 다가올 슬픔이 이렇게 깊이 느껴질 수 있을까?

산하 씨와의 행복한 기억들을 짚어본다. 처음으로 함께 딱따구리를 발견하고 조용하게 주고받던 기쁨의 눈빛, 빛에 이끌려 실내로 날아든 웅장한 나방을 무사히 밖에 풀어줄 때의 환희, 긴 추위 끝에 찾아온 반짝 따뜻함을 즐기려 베란다에 점심을 차린 어느 1월의 햇살, 곧 만나기를 기다리며 혼자 달음박질해서 끌어안는 점프 허그를 연습하던 풀밭의 설렘, 동네 운동장을 나란히 뛰다가 주고받던 미소, 함께 산책 나선 동네 골목길을 조용히 비추던 노란 가로등불, 작별인사 후에 열 발짝을 세고 돌아보면 스무 발짝 멀리서 웃으며 손 흔들어주던 애틋함. 더없는 행복의 순간에는 결국 그 행복의 찰나성도 동시에 느껴지기에 눈물이 난다. 단순히 슬픔이라 할 수는 없는 눈물이다. 알 수 없는 대상을 그리워하는 마음을 뜻하는 '사우다지(saudade)'라는 포르투갈 단어가 이런 것을 뜻하는 것일까? 이미 더 없는 행복을 맛본 이가 누리는 아름다움과 눈물의 정비례 법칙. 이런 눈물이라면 얼마든지 흘려도 좋으리라.

중요한 건 이런 헤어짐이 주는 고통 후에 찾아오는 기쁨이다. 보고 싶은 마음을 고이고이 접어서 매일 편지를 주고받고, 그래도 보고 싶으면 한숨을 쉬었다가 일에 집중하며 애써 잊어본다. 덕분에 각자 지낼 때는 집중도가 높아져 나름 성취감도 크고, 저녁마다 마음 맞는 친구들과 시끌벅적 시간을 보내는 기쁨도 크지만 근원적인 허전함을 달래기는 어렵다. 그렇게 그럭저럭 견디다가 공항 유리문 사이에서 그립던 얼굴을 찾아내는 순간은 헤어짐의 고통을 감내하지 않았다면 느낄 수 없을 커다란 기쁨을 준다.

그런데 우리 주변의 동물들과 영원히 못 만난다는 건 정말 가슴 아픈 일이다. 매일 아침 딱따구리 소리를 들을 때마다 반가운 마음 한구석에는 혹시라도 어떻게 될까, 내일도 들을 수 있을까, 조바심이 스민다. 무리랄 것도 없는 게 올봄 우리 뒷산에 '건강한 숲 가꾸기'라는 현수막과 함께 숲의 꽤 넓은 면적이 무참히 잘려나간 사건이 있었다. 막 잘린 굵은 나무 기둥에서 딱따구리가 쪼아댄 흔적이 분명한 가지도 발견되었다. 늘 드나들던 나무가 순식간에 사라지면 딱따구리는 얼마나 황당할까. 시나브로 먹을 게 없어지고 깃들 나무가 사라지면 이상하다, 왜 이렇게 살기가 힘들지, 친구들은 어디 갔지, 의아해하는 딱따구리들과 어느 틈에 이별할 순간이 다가올지 모른다.

놀란 가슴에 SNS에 이 사실을 올리고 관할 양천구청에 연락을 하니 우리 풍토에 맞지 않는 나무를 베어내는 작업이라는 답이 왔다. 그런데 동물들의 번식기와 맞물려 이런 피해가 생길 줄은 미처 생각을 못했다며 앞으로 생명다양성재단과 협력해서 진행하겠다는 뒤늦긴 하지만 다행스러운 합의를 끌어냈다.

이 일 바로 전에는 맹꽁이와 참개구리 서식지를 꾸준히 관찰해온 고등학생 친구들과 함께 오목교 하천변을 찾아갔다. 아니나 다를까, 보호종 양서류인 애네들이 작년까지만 해도 알을 까던 작은 웅덩이의 물이 완전히 마르고 짚으로 꼼꼼히 덮여 있다. 이른바 생태공원을 조성한다고 팔을 걷어붙인 관할 구청이 저지른 일이다. 조용히 놔두었으면 생태가 유지되었을 공간을 '생태공원'이라는 이름 아래 가장 반생태적으로 뒤집어놓은 것이다. 구청을 찾아가 이 사실을 알려도 '생태' 실개천공원은 주민들이 와서 발을 담그는 개울이라는 개념을 들이대며 맹꽁이 보호 요청에는 무심하다. 서울에서는 거의 찾아볼 수 없는 소중한 맹꽁이의 보금자리가 이렇게 무참히 사라지면 경칩에 땅 밖으로 고개를 내밀 맹꽁이들에게 작별을 고하는 건 당연한 수순이다. 울 준비를 안 할 수가 없다.

몇 년 전 영국의 전통 요리법대로 오븐에서 구운 소고기, 양고기, 돼지고기 덩어리를 얇게 썰어서 익힌 채소와 요크셔 푸딩을 곁들이는 선데이 로스트 식당에 초대받아 가게 되었다. 마침 통째로 갓 구워진 칠면조가 서빙 테이블에 올랐다. 나를 포함해 음식을 받으러 줄 서서 기다리던 사람들 중에 여자아이가 "저 칠면조 불쌍해"라며 슬픈 표정을 지었다. 커다란 새가 온전한 형태로 놓인 모습을 보니 잘려진 고깃덩이를 볼 때는 몰랐던 측은지심이 드나 보다. 그런데 뒤에 있던 또래 남자애가 그 애를 탁 치며 "시끄러워, 그렇게 말하지 마. 어차피 먹을 거잖아"라고 면박을 준다. 여자애는 이내 멋쩍어하며 접시를 내민다. 칠면조의 죽음에 울지는 않더라도 죽은 칠면조의 모습에 슬픔과 미안함을 표현하는 아이가 예뻤는데, 바로 다음 순간 그런 감정을 부정당하는 모습이, 현대사회가 동물과 자연을 대하는 무자비한 모습을 보는 듯해서 오랫동안 씁쓸함이 남았다.

산하 씨의 비유대로 동물의 멸종은 위대한 예술작품을 하나씩 불태우는 일과 같아 우리가 매일 추사 김정희의 글씨와 반 고흐의 그림에 불을 지르는 것이라 치면 공감이 좀 쉬울까. 오목교 생태공원 사태처럼 뿌리 깊은 인간의 어리석음과 무자비함 때문에 헤어짐을 고하게 될 새들과 개구리와 벌레들을 생각하면, 차라리 울 준비를 해두는 게 나을지도 모르겠다.

하지만 동시에 맹꽁이를 다시 만나서 기쁘게 웃을 준비도 하고 싶다. 다행히 최근 양천구청이 오목교 생태공원 연못에 양서류가 잘 깃들도록 수초를 심겠다는 생명다양성재단의 요청을 허락한 덕분에 꽤 많은 두꺼비, 맹꽁이, 참개구리가 알을 낳고 잘 살고 있다는 소식이다. 이런 작은 희망의 불씨를 살린다면 언제까지나 딱따구리가 우리 이웃이 되어줄 수 있지 않을까?

인류에게 희망을 가지는 수밖에 없다. 내가 하는 삶의 작은 실천을 통해, 점점 더 많은 이들이 삶의 태도와 일터에서 변화를 일으켜 우리 주변의 동물들과 함께 사는 세상을 꾸릴 수 있다고 믿는 수밖에 없다. 우리가 힘을 모아 기후변화를 막고 숲과 동물들을 보호하는 일들을 실천하기만 한다면, 헤어짐의 슬픔보다는 다시 만나는 기쁨을 기대할 수 있다고 믿고 싶다.

여러분의 딱따구리는 어디에?

내 삶에 심심찮게 벌어진 소가 뒷걸음치다 쥐를 잡는 우연찮은 사건들 가운데서도 딱따구리가 사는 곳에 집을 얻은 건 기막힌 행운이었다. 그렇지만 집 근처 숲에 사는 딱따구리를 알아보는 건 나의 몫이었다. 주변에서 일어나는 일에 귀를 기울이고, 멋쩍은 상황에서 용기를 내고, 버려진 것들의 가치를 알아봄으로써 생겨나는 기회를 순전히 우연찮은 행운으로만 치부하기는 어렵다.

여러분의 딱따구리는 어디에 있을까? 이 책을 덮을 때쯤에는 여러분도 밖으로 나가 유심히 주변을 살펴보고 삶에 활력소가 되어줄 뜻밖의 이웃을 찾아내어 자신만의 이야기를 만들어갈 생각에 마음이 부풀어오르면 좋겠다.

이 책은 산하 씨 동생 한민 씨가 고척동 집에 놀러오면서 아무튼 시리즈를 들고 온 데서 시작되었다. 지하철에 앉아서 스마트폰 대신 읽기 좋은 책 크기라 젊은이들 사이에 인기라고 했다. 한민 씨도 채식주의에 대해 쓰고 있다면서, 평소에 생각하는 바를 딱딱하지 않게 전하기 좋은 창구가 될 거라며 산하 씨에게 쓰기를 권했다.

"저는 딱따구리 할래요."

묻지도 않았는데 내가 옆에서 농담처럼 던졌다.

"그럴래요?"

딱따구리를 매개로 산하 씨와 나의 유별난 삶 덕분에 벌어지는 웃기고 슬프고 열 받고 감동적인 일들을 글로 꿰었다. 잠자리에 누워 문장을 다듬고 다음 날 아침을 먹기 무섭게 딱따구리 방에 처박혀 써내려가는 동안 창밖에서 딱따구리 드럼 소리가 열심히 응원해주었다.

지극히 사적인 우리 딱따구리 부부의 일상을 미주알고주알 공개하는 건 망설여지는 일이다. 그렇지만 멀리 울려퍼지는 드럼 소리를 통해 자신의 존재를 알리는 딱따구리처럼, 세상이라는 숲속 어딘가에 숨어 있을 딱따구리 인종과 소통하기 위해 용기를 냈다. 인간 딱따구리들이 서로 힘을 내고, 앞으로도 씩씩하게 살아갈 존재 이유를 확인하도록. 딱따구리가 사이좋게 살아갈 나무와 숲이 풍부한 세상을 넓혀가는 건 절대 한두 사람만의 힘으로는 부족하기 때문이다. 더불어 우리의 드럼 소리가 딱따구리와 이웃하며 살고 싶다는 누군가의 소망에 불을 지핀다면 바랄 나위가 없다.

미세먼지와 기후변화 문제는 너무 엄청나고 심각해서 무기력하게 눈감아버리기 쉽다. 재난 영화 세트장처럼 뿌옇게 변한 하늘과 매년 신기록을 세우는 이상기후에 한숨을 푹푹 쉬고 쓰레기장에 쌓여가는 비닐봉지에 화가 나지만, 환경문제는 너무나 크고 복잡해서 중국에 손가락질하고 이민을 검색하는 것 외에는 별달리 손쓸 방법이 없어 보인다. 그러나 환경문제는 근본적으로 우리의 생활 습관과 빈틈없이 연결되어 있다는 점을 뼛속 깊이 이해할 필요가 있다. 미세먼지 때문에 공기청정기를 틀고, 무더위에 에어컨을, 강추위에는 난방을 켜는 우리의 행동이 결국 새로운 먼지를 더 만들어내고 더 많은 온실가스를 뿜어내어 바로 문제의 원인과 결과가 되어버린다.

이 문제를 정부와 과학자들이 고심하고 지구적 차원에서 논의할 때, 우리 모두 개인 차원에서 할 일이 분명히 있다. 우리가 일상생활에서 만드는 작은 변화들이 모여 큰 변화를 이끌어낸다는 당연하고도 기본적인 사실을 다시 한 번 강조하고 싶다. 비닐봉지나 커피 컵, 빨대 등 일회용품을 되도록 덜 쓰고, 음식 쓰레기를 안 남기고, 옷과 물건을 나누어 쓰고, 국내산 제철 과일과 유기농 야채를 사고, 고기를 덜 먹고, 배달을 덜 시키고, 운전을 덜 하고, 공회전을 안 하고, 주변의 풀과 나무, 벌레를 소중히 대하는 일상의 노력은 절대로 하찮고 무가치하지 않다.

쓰레기가 줄어들면 잉여 생산에 드는 비용과 재료, 쓰레기 처리에 드는 에너지와 환경영향을 줄일 수 있다. 제철 유기농 야채와 과일은 화학비료와 농약을 만드는 데 드는 자원도 아끼고 우리 땅과 우리 농민, 우리의 건강을 위하는 길이기도 하다. 고기를 덜 먹고, 음식을 안 남기고, 제철 과일과 야채를 사면 경제적으로도 이익이다. 운전을 덜 하고 공회전을 줄이면 기름 값도 아끼고 미세먼지도 덜 일으킨다. 우리의 생활 습관과 조금만 연결 지어 생각하면 중국 탓만 할 일이 아니라는 걸 금방 알 수 있다. 우리의 모든 일상 행동이 서로 물리고 물려 원인이자 결과가 된다는 사실과, 실천이 그렇게 어렵고 따분하지 않다는 사실에 차근차근 공감하는 사람들이 많아진다면 참 기쁘겠다.

지난해 가을 영국에서 방영된 BBC의 해양 다큐멘터리 〈블루 플래닛 2〉 덕분에 바다를 뒤덮은 플라스틱 쓰레기와 심각한 해양 생태계 파괴 문제를 해결하기 위한 움직임이 세계적으로 크게 일고 있다. 우리나라에서도 올봄 중국발 재활용 쓰레기 대란으로 플라스틱과 일회용 비닐 사용이 정부, 언론, 시민 사이에 화두로 떠올라 무척 반갑다. 아울러 서울에서 야심차게 시작한 업사이클 디자인 본부 '서울 새활용 플라자'가 우리 연구소와 함께 지속가능성 연구 협업에 대한 다양한 이야기를 활발하게 진행하고 있어 뿌듯하다. 환경을 위해 용감한 변화를 만들어내기 위한 사람들의 노력에 나의 작은 이야기가 보탬이 되면 좋겠다.

이 책이 세상에 나오기까지 많은 딱따구리 이웃들의 응원과 지지가 있었다. 먼저, 쌀 한 톨, 종이 한 장도 귀하게 여기는 습관을 일찍이 심어주신 양가 부모님과, 잘해보려는 나의 의지를 늘 적극 지지해주는 딱따구리 남편에게 깊은 고마움을 표한다. 심각하고 어렵지 않게 지속가능성 연구의 효과를 극대화하는 방법을 같이 찾아가는 나의 연구소 공동 소장 스티브 에반스 교수님과 이안 밤포드 소장님, 딸처럼 보살펴 주는 케임브리지 딱따구리 집 주인 엘렉트라도 빼놓을 수 없는 분들이다. 고척동 딱따구리 집에 한달음에 찾아와서 딱따구리 이야기에 신나게 귀 기울여 주신 위고 출판사의 대표 두 분에게도 무척 감사하다.

마지막으로 매일 씩씩한 드럼롤로 응원해준 창밖의 딱따구리들에게 감사 인사를 보낸다.

나를 만든 세계, 내가 만든 세계
'아무튼'은 나에게 기쁨이자 즐거움이 되는,
생각만 해도 좋은 한 가지를 담은 에세이 시리즈입니다.
위고, **제철소**, **코난북스**, 세 출판사가 함께 펴냅니다.

아무튼, 딱따구리

초판 1쇄 2018년 8월 1일
초판 3쇄 2020년 10월 20일
지은이 박규리
펴낸이 이재현, 조소정
펴낸곳 위고
제작 세걸음
출판등록 2012년 10월 29일 제406-2012-000115호
주소 경기도 파주시 회동길 290 206-제5호
전화 031-946-9276
팩스 031-946-9277

hugo@hugobooks.co.kr
facebook.com/hugobooks

ISBN 979-11-86602-42-3 02810

이 도서의 국립중앙도서관 출판예정도서목록(CIP)은
서지정보유통지원시스템 홈페이지(http://seoji.nl.go.kr)와
국가자료공동목록시스템(http://www.seoji.nl.go.kr/kolisnet)에서
이용하실 수 있습니다.(CIP제어번호: CIP2018022836)